보다 느끼다 쓰다

보다 느끼다 쓰다

맹난자 수필을 말하다

bookin

발간사

문학에 영혼을 저당 잡힌 사람

—『보다 느끼다 쓰다』 발간에 부쳐

요즘 들어 자주 나에게 던지는 질문이 있다.

'나는 왜 글을 쓰는가?'

이 물음을 '나는 왜 문학을 하려 하는가'로 바꿔 말할 수 있을까? 아니다. 나는 감히- 그렇다 감히, '문학'이라 바꿔 말할 수가 없다. 맹난자라는 작가를 만난 이후로는. 그를 만나기 전까지 나는 나의 '글을 쓰는 행위'를 막연하나마 문학을 하는 것이려니 착각하고 있었다. 그러나 그의 작품들이 발을 담그고 있는 광활한 인문학의 바다를 엿본 후로 자괴감에 빠지고 말았다. 나의 행태가 마치 세숫대야 물에 발 담그고 편안히 앉아 물장구를 치고 있는 격이었기 때문이다. 한마디로 알량한 문학놀음이었던 것이다.

사람은 저마다 아픔을 가지고 있다. 삶을 사바고娑婆苦라 한 것도 그 때문일 것이다. 아픔은 다분히 주관적인 것이어서 사람들은 제 아픔의 무게를 누구와도 비교하려 들지 않는다. 제 고통의 무계를 가장 무겁게 여긴다는 얘기다. 그런데 고통을 대하는 태도에 있어서는 사람들이 대개 두 가지 양상을 보인다. 함몰되어 헤어나오지 못하거나 외면 혹은 회피하는 것이다. 맹난자는 달랐다. 고통을 직시하고 그 근원을 궁구하여 수용함으로써 온전한 치유를 얻어냈다.

남다른 감성을 가지고 있던 그는 치유의 수단으로 문학을 택했다. 불교 교리를 공부하고 문인, 예술인들의 죽음의 현장을 찾아봄으로써 연이은 지친至親의 죽음으로 인한 공포와 허무에서 벗어났고, 고통으로 일관되었던 그들의 삶의 자취를 더듬고 문학세계를 섭렵함으로써 암울했던 자신의 삶을 위로받고 삶의 열정을 얻었다. 어쩌면 당시 그에게 있어 문학은 살아남기 위한 방편이요, 몸부림이었는지도 모른다.

그의 문학은 자기 치유에 머물지 않았다. 파우스트가 악마 메피스토펠레스에게 영혼을 저당잡혔듯, 맹난자는 문학에 기꺼이 그의 영혼을 저당잡혔다. 희수喜壽의 나이에도 그는 궁금증 투성이 세 살배기 아이처럼 세상에 대해, 인간에 대해, 존재에 대해 끊임없이 질문을 던지고 그 해답을 얻기 위해 동서고금을 망라, 문학·철학·종교·과학의 세계를 넘나들고 있다. 그의 목마름은 끝이 없고, 그의 탐구는 해박該博을 넘어 통섭通涉을 꿈꾼다. 아니, 이미 통섭의 경지에 이르러 있다고 보아도 좋을 것이다.

건강이 좋지 않은 지금도 쉼 없이 책을 읽고, 독서를 통해 모호했던 것들이 질서를 찾아 정연해지면 환희심이 생긴다는 그. 그는 그 깨달음을 후배 수필가들에게 전해주고 싶어 안달한다. 망망하고 험난한 인문학의 바다를 항해하며 힘들게 개척해놓은 항로를 이용하여 후배 수필가들이 새로운 세계를 만나고 더 나은 항로를 개척해 나아갈 수 있도록 이끌어주고, 독려해준다. 그를 통해 많은 후배 수필가들이 인문학의 바다에 자신의 배를 띄워볼 용기를 얻었고, 문학이 어떤 것이어야 하는지를 어렴풋이나마 깨닫게 되었다.

그는 문학은 깨달음을 얻는 것이요, 그 깨달음을 전달하는 장르로 수필만한 게 없다고 믿고 있다. 실제로 그는 그의 인생의 절반가량을 수필에 헌정했다. 수필은 대부분의 소재를 일상에서 취한다. 일상은 깨달음의 보고寶庫다. 하지만 그 숨은 보석은 사유思惟라는 세공의 과정을 거쳐야만 보석으로서의 진가를 발휘할 수 있으며, 사유의 힘은 다양한 지적 경험, 인문학에 의해 길러지고 확장된다.

맹난자의 수필은 사유가 어떻게 수련되는가를 보여주는, 길라잡이 역할을 하고 있다. 이것이 이 책을 발간하게 된 연유다. 그에게 찬사를 보내고자 함이 아니라, 인문학이 그의 수필에 어떤 영향을 미쳤고 어떻게 접목되었으며, 그의 수필이 수필이라는 장르를 어떻게 변화시키고 인식시켰는지 보여주고 싶은 것이다. 그래서 맹난자 수필을 이해하는 데 길라잡이가 되어줄 평론가로 수필가 이외의 전문가도 몇 분 모셨다. 현존하는 작가의 문학세계를 시기별로 분류하는 것이 마땅치 않아 저서들을 출간 순서대로 조명해보았다.

혹자는 그의 수필을 서양 에세이 류로 분류하며 너무 철학적이다, 혹은 특정 종교색이 짙다고 할지도 모른다. 하지만 문학도 철학도 종교도 귀착점은 같다고 본다. '어떻게 살 것인가'가 아니겠는가. 어차피 죽음으로 무無와 공空이 될 인생. 존재의 근원을 캐고 삶을 묻는 행위가 도로徒勞에 불과할지 모르겠지만, 문학을 하는, 아니, 하겠다는 사람으로 살아가는 동안은 피할 수 없는 명제가 아닌가 싶다.

맹난자의 글을 좋아하거나 그의 문학에 직간접적으로 영향을 받은 사람들이 숨어 모여 출간을 의논하는 동안 내내 행복했고, 이문도 남지 않을 일에 흔쾌히 동참해준 도서출판 북인 조현석 대표가 마냥 고맙다. 애초 맹난자 작가의 희수를 염두에 두고 시작한 작업이었지만, 그보다는 이쯤해서 맹난자라는 작가의 작품세계를 조명해보는 이런 책 한 권쯤 세상에 내어놓아도 좋지 않을까 하는 생각에서 출간을 감행했다.

기해년 초여름

추진위원장 이혜연 쓰다

추진위원/ 김은중, 노정숙, 송마나,

유병숙, 엄현옥, 정해경, 한복용

| 차례

보다 느끼다 쓰다

문학치유 그 이상以上의 것

홍혜랑/ 수필가

1. 창조의 여백과 영혼의 근력筋力

후배 수필가로부터 원고 청탁 전화가 왔다. 맹난자 선생의 희수기념 평론집을 기획하고 있다는 반가운 소식이었다. 맹난자 작가의 수필문학을 한자리에서 이야기할 수 있는 단행본이 엮어진다니 뜻 깊은 일이다. 한국 수필문단을 위해서 누군가 해야 할 일에 후배들이 마음을 모은 것이 고마웠다. 그러면서도 필자의 내공으로는 다가가기 힘든 맹난자 작가의 작품세계이기에 가벼운 마음으로 청탁에 응할 처지는 못되었다. 더구나 일 년 가까이 건강을 다스리며 쉬고 있는 필자로서는 머뭇거려지는 청탁이었다.

그럼에도 안으로부터 솟아오르는 동참의욕을 누를 수 없었다. 지근에서 늘 맹난자 작가의 작품과 삶을 만나지만 내 안에 자리잡고 있는 작가 맹난자에 대해서, 더 구체적으로 말하면 그의 작품이, 그의 인생이 내 삶에서 차지하는 의미에 대해서 하고 싶은 말이 없지 않았기에, 필자에게 할애된 지면이 매우 소중함을 직감했다. 이 글은 딱히 강단평론의 형식을 빌리지 않았다. 본격적이고 총체적인 문학평설은 사계의 평론가들의 몫으로 돌리고, 이 글은 한 수필가가 수필로 쓴 '맹난자 이야기'로 읽혀지기를 바란다.

우리는 동서고금을 통한 역사 속에서 수없이 많은 문호들의 명작을 읽으며 영혼을 치유받는다. 그래서 문학치유라는 말이 낯설지 않지만, 문학이라는 거대한 울타리 안에서 통합적 문학치유를 말하는 것은 필자의 능력 밖이다. 다만 시나 소설에 비해 수필이 갖는 문학치유의 의미는 더 임상적臨床的이라고 할까. 어느 평론가는 수필을 'SUPIL'로 번역할 수밖에 없을 만큼 우리의 고유한 문학 장르임을 강조한다.

수필만큼 작가의 삶과 작품의 합일성이 요구되는 문학도 없다. 원고지 2,000장이 넘는 장편소설에서는 어느 대목 한 군데쯤엔 독자 자신의 체험을 만날 수 있는 공간이 있게 마련이다. 흔히 작가를 모르고 작품에 매료되는 경우다. 하지만 원고지 15장 내외의 수필은 사정이 다르다. 체험의 주인공인 작가의 삶 자체가 독자에겐 작품의 연장일 수 있기 때문이다. 해서 수필가의 삶이 독자에게 갖는 의미는 소설가나 시인의 그것과 같지 않다. 수필에서의 문학치유는 작가 자신의 삶을 빼놓고는 생각할 수 없다.

역사 속 작가들의 생애는 기껏 문헌을 통해서 알 수 있을 뿐이고, 멀리 있는 작가의 삶은 들어서 알 뿐이다. 동시대에, 또 가까이에서 살고 있는 맹난자 작가는 내게는 역사 속 인물도 아니고 타인을 통해 전해들을 것도 없다. 그의 작품들 속엔 그가 걸어온 형자刑刺의 발자취가 차곡차곡 쌓여 있다. 존재의 심연深淵에서 울리는 그의 영혼의 육성은 필자를 비롯한 많은 독자들에게 문학 치유 이상의 힘을 갖는다. 그가 살아낸 인고忍苦의 삶에 대한 외경이라 해도 좋을 것이다. 그의 삶은 "결정된 것은 그렇게 될 수밖에 없다. 내가 할 수 있는 일은 운명 이상의 것이어야 한다"고 말한 베토벤의 삶을 연상케 한다.

누구에겐들 고통이 없을까. 누구의 고통이 더 깊은가. 고통의 수심을 잴 수 있는 표준화된 잣대는 없다. 어차피 인간은 고통의 깊이대로가 아니라 고통에 대처하는 영혼의 깊이대로 구원되거나 낙오되기 때문이다. 창조주는 인간에게 몸과 영혼을 주었을 뿐, 몸이 영혼에게 헌신할 것인지 영혼이 몸의 하수가 될 것인지는 우리 자신의 몫이다. '창조의 여백'이다. 어떻게 사는 것이 하늘의 뜻에 맞는 '인간다운' 삶일까. 맹난자 작가는 『채근담』의 한 페이지를 자신의 삶으로 옮겨왔다.

> "하늘이 내게 박복으로써 대하면 나는 내 덕을 두텁게 하여 그 박복을 맞이할 것이며, 하늘이 내게 몸으로써 고달프게 하거든 나는 내 마음을 편안히 가져 그 고달픔을 보충할 것이며,

하늘이 내게 액厄을 주시거든 나는 도道를 형통하여 그 액을 뚫으면 하늘인들 또 내게 어찌 하겠는가"

—「고통에 대하여」 중에서

2. '자연'의 땅 끝에서 만난 무아無我

희수를 맞은 맹난자 작가가 최근에 펴낸 역작 『시간의 강가에서』에 이런 글이 실려 있다.

가난한 침선공이 바늘을 의지하듯 나는 평생 붓 한 자루에 기대어 살아왔다. (…) 돈이 들지 않는 독서 또한 고단孤單한 내게 유일한 피난처이며 솟대와도 같은 성역이었다. 생의 수혈輸血을 나는 그곳에서 공급받았다. 책과 붓 한 자루, 내 삶의 기둥이었다.

—「붓 한 자루」 중에서

세계문학사는 괴테를 가리켜 '인간에 대하여 거의 모든 것을 말해놓은 사람'이라고 평가한다. 한국의 수필문단에서 희수에 이른 맹난자 작가만큼 수필가들의 자긍심을 높여준 작가도 없을 것이다. 그가 펴낸 『삶을 원하거든 죽음을 기억하라』, 『나 이대로 좋다』, 『본래 그 자리』 등 10여 권이 넘는 저서 속엔 동서고금을 가리지 않은 작가, 철학가, 사상가들의 생애와 정신세계가 넘치도록 출렁인다. 맹 작가의 붓 한 자루가 그토록 다양하고 심도 있게 '인간'을 그려낼 수 있었던 연유다.

맹난자 작가는 붓 한 자루에 기댔고, 붓 한 자루는 독서에 기댔다. 독서는 고단한 그에게 유일한 피난처이며 솟대와도 같은 성역이었다. 생의 수혈輸血을 그는 그곳에서 공급받았다. 독서의 성역을 걷게 한 것은 그의 고달픈 삶 자체였다. 그러니까 독서에 매달린 그의 전인적 열광은 애당초 인간 본질의 불가지성에 대한 지적 탐구, 즉 사변적 '인식애認識愛'에서 출발한 것이 아니었다. 언급했듯이 맹난자 작가의 문학은 일찍이 운명으로부터 인정사정없이 뭇매를 맞는 사바고의 파도에서 시작된 항해였다.(「벽화壁畵 한 장」) 어떻게 해야 가라앉지 않을까. 슈바이처 박사의 인생론 그대로 맹난자 작가도 '인생이라는 나룻배 안에 실려 있는 무거운 봇짐들을 바다 밖으로 던져버리는 방법으로 배를 가볍게 하려하지 않았다', 그의 무거운 짐들은 '영혼이 먹고살아야 할 양식'이었다. 그가 독서를 통해 만난 인물 중에 영혼의 양식을 포기하고 초라한 모습으로 항구에 닿은 사람은 없다.

인간 탐구에 생애를 바쳤던 많은 사람들이 예외 없이 하는 말은 '인간은 참으로 넓어'였다. 맹난자 작가가 섭렵한 독서의 범위가 참으로 넓다. 『주역周易』, 공맹孔孟, 노장老莊, 불교에 이르는 동양철학에서부터 근현대 서양의 작가, 철학자, 예술가들의 생애와 사상을 아우르는 기량이 놀랍다. 그는 무작위의 독서광이 아니었다. 그의 독서는 멸망하지 않기 위해, 인간답게 살아남기 위해 필요한 생명의 수혈이었다. 맹 작가의 광대한 독서의 숲에서 자란 작품들 한 그루 한 그루는 한결같이 '자연'이라는 수맥으로부터 영양을 공급받은 느낌이다. 그의 영혼과 작품은 오로지 자연을 삼키며 키워졌다.

인간을 자연으로부터 분리시킨 것은 '자아自我'다. 분리 이전으로 돌아가려면 '나'를 소멸해야 한다. 맹 작가가 인생의 고해에서 익사자가 되지 않기 위해, 삶 속에서 무아無我를 체득하기 위해 돌아갈 곳은 도道 곧 '자연'이었다.(「주역周易 일자一者에 대하여」) 운명 이상의 것을 할 수 있는 영혼의 힘은 오로지 '자연'에게 자신을 맡길 때만 허락된다는 것을 증언하는 체험의 작가가 바로 맹난자다. 구도求道란 자연을 구하는 간절한 마음 이외에 다른 것이 아니리라. 맹 작가의 독서와 글쓰기가 수도자의 그것과 비견되는 이유다. 옥타비오 파스가 "인간의 역사란 자연으로 돌아가기 위한 끊임없는 시도"라고 통찰한 것은 의미심장하다. 자연으로 돌아가는 길은 인류 역사가 끝날 때까지 종착이 없다는 의미일 것이다.

맹난자 작가는 미국 문학의 메카라는 콩코드를 다녀온 후, 에머슨(1803~1882), 소로 등 소위 콩코드의 '때 묻지 않은 작가들'의 생애와 작품들을 추적했다. 에머슨은 노자의 『도덕경』을 읽기라도 한 걸까 감탄하며, 1837년 에머슨이 하버드대학에서 후배들에게 한 명연설을 소개했다.

"자연의 아름다움은 자신이 지닌 마음의 아름다움입니다. 자연의 법칙은 곧 마음의 법칙입니다. 자연에 관하여 무지하다면 아직도 자신의 마음을 갖지 못하고 있는 것입니다. 그러므로 '너 자신을 알라'는 고대 격언과 '자연을 알라'는 현대 격언은 똑같은 뜻이 되는 것입니다." —「숲으로 가자」중에서

에머슨의 윗글이 품고 있는 지성의 온기는 철학수필의 즉물적卽物的 수사학이 독자와의 소통에 얼마나 효과적인지 보여준다. '삶의 의미'란 찾아내고 만들어지는 것이 아니라, 오히려 만들어진 자아를 소멸하고 자연으로 돌아갈 때 비로소 드러난다는 명쾌한 글이다. 한국의 수필문단이 철학수필을 원하면서도 그 벽을 쉽사리 넘지 못하는 것은 철학을 문학으로 변용變容하는 일, 즉 사유를 '마음'으로 풀어내는 일이 쉽지 않은 것도 원인 중 하나일 것이다. 맹난자 작가의 글은 형식과 내용에서 다양하다. 원고지 예닐곱 장짜리 단편에서부터 수십 장짜리 중편수필 내지 장편의 소논문도 있다. 그 어느 수필도 사상적, 논리적 담론에 머물지 않는다. 그는 지성적 수필도 가슴으로 표현될 때 독자와의 소통에 더 성공할 수 있음을 보여주는 대표적 작가다.

자아와 무아의 격투장이 인간의 몸인 것은 어느 땅 어느 시대건 다르지 않다. 맹난자 작가가 노자 이외에도 칸트, 니체, 하이데거, 카뮈 등 서양의 거목들에게서 불교적 세계관과 자연회귀 사상

을 이끌어내는 지적 모험은 수필문단에서 보기 드문 인문학적 통섭의 창의성을 확인하게 한다. 그의 자연적 세계관이 얼마나 많은 문학과 철학의 지류들을 통합할 수 있는지 들여다볼수록 필자는 독자로서의 기쁨을 누린다. 그가 동서고금의 거장들을 자신의 영혼의 정원으로 초대하여 소통하는 모습을 보노라면 한국의 수필문학이 일거에 신분상승한 느낌이다. 그의 내면에 유전자만큼이나 깊이 박혀 있는 노자의 자연사상과 불교적 실존사상의 힘이다. 노자, 카뮈, 하이데거를 다룬 맹난자 작가의 작품을 만나본다.

3. 노자老子의 선악불이善惡不二

맹난자 작가가 흠모하는 현자 중 으뜸은 노자가 아닐까 싶다. 노자의 인간관을 보자. '노자는 아내의 불륜을 목격했지만, 불륜을 증오해야 할 악으로 보지 않았다. 악은 선의 바깥에 있는 이물질이 아니라 선이 분비한 자기의 다른 모습이므로 선의 다른 측면인 불선不善으로 보았던 것이다.' 이상적 인간을 추구하는 유가儒家에서는 선과 악의 개념이 선명하다. 노자는 유가의 인간중심 사상을 해체한 우주적 자연주의 철학자였다. 노자는 결코 인간을 정형화된 주형鑄型에 가두지 않았다.

헤르만 헤세가 『싯다르타』에서 "강도나 노름꾼에게도 부처가 있고 브라만 속에도 강도가 있다"고 한 것은 노자적 세계관과 다르지 않다. 세상의 모든 사상과 사유는 필연적으로 단면적일 수밖에 없다는 것이다. 윤회 아니면 열반, 의혹 아니면 진실, 번뇌 아니면 해탈이라는 나눔은 인간의 무한성을 외면한 편의주의에 불과할 뿐이다. 깨달음은 고통을 제거하는 것이 아니라 번뇌와 하나가 되는 것이다. 초기 기독교시절 알렉산드리아의 교부 오리게네스 신부가 순교에 가까운 믿음으로 완덕의 삶을 살았으면서도 성인품에 오르지 못한 것은 거세去勢했기 때문이라는 기록도 노자의 '자연'을 생각나게 한다.

> 선과 불선은 이원적으로 따로 존재하는 것이 아니라 같은 유類의 이중적 모습에 불과하다는 것, 그러니 사바고해에 살면서 그것을 송두리째 뽑아버리기보다는 마음을 바꾸는 편이 낫다고 생각한 것이다. (…) 프랑스의 철학자 몽테뉴도 아내의 불륜을 목격했을 때, 노자처럼 생각했던 것이다. 시대를 거스르고 동서양이 다르건만 그들의 대응법은 다르지 않았다. 노자는 『도덕경』을, 몽테뉴는 『수상록』을 남겼다.
>
> —「노년의 식탁」 중에서

대극對極의 양단을 물리친 동양의 현자와 서양의 철학자를 생각하며 맹난자 작가는 다시금 '선악불이'를 반추한다. "아직은 어렵지만 대립심을 갖지 않는 것부터 시작한다. 이것이 요즘 나의 과제이기도 하다. 노년은 비우는 것이다. 그리고 견디는 일이다."(「노년의 식탁」) 희수에 이르기까지 맹난자 작가의 삶은 '비우고 견디는 일'로 채워졌다고 해도 틀리지 않을 것이다. 달리 표현하면 '무아'를 위해 바쳐진 삶이었다. 노자의 '무위이 무불위無爲而 無不爲'는 자연의 절대질서를 가리킴이리라. "무위無爲의 도道는 무아無我의 마음과 다르지 않은 것 같다"(「자연에서 배우다」)는 맹난자 작가의 내적 체험은 우주질서와 인간 존재가 둘이 아님을 알게 해준다. 노자의 무위가 사물의 존재론이라면, 맹 작가의 무아는 인간의 실존론이다. '무아'를 위해 바쳤던 그의 곤고했던 세월을 짐작케 한다.

> 무아無我를 공부하며 이어진 50년 탐구는 무無 자와의 대결이라 해도 틀리지 않는다. 나[我]도 없고 영혼도 없다. 내세도 없고 윤회도 없다. 그 없다는 것을 알기 위해 걸렸던 시간이었다. '오온이 공하다는 것을 알아야 일체의 고액으로부터 벗어날 수 있다'는 『반야심경』의 이 한마디를 끌로 파듯 가슴에 새기던 때가 있었다.
>
> —「벽화壁畫 한 장」 중에서

다음은 맹난자 작가가 소개한 노르웨이 화가 뭉크의 말이다. "나는 뜨개질을 하거나 책을 읽는 평화로운 사람들은 그리지 않을 것이다. 내 그림 속 인물은 고통받고 사랑하는 이들이어야 한다."

뭉크에게 친화력을 느낀 맹 작가는 “나는 그런 예술가가 아니면 애정도 흥미도 어떤 관심도 일어나지 않았다”고 했다. 맹난자 작가가 독서에서 만났던 작가, 예술가, 철학가들의 생애가 어떠했을지 말해주고 있다. 맹 작가는 그들에 관한 자료들을 ‘두더쥐가 쓰레기더미를 뒤지듯’ 수집했다. 그는 앉아서 쓰지 않았다. 그들의 고통을 자신의 가슴에 끌어안으며 그들의 체온을 느껴보기 위해서 지구 곳곳을 발로 뛰었다. 작가의 자산은 창작 노트가 아니라 체험 그 자체다.

그들의 생애를 느낄 수 있는 곳이라면 살던 집, 입원했던 정신병원, 잠들어 있는 유택 등을 가리지 않고 찾아나섰다. 맹 작가에게 여행은 취향이 아니었다. 그들의 삶이 지나간 어느 역에선가 맹 작가 자신의 삶을 투사할 수 있는 공간을 만나려는 집념이 아니었나 생각된다. ‘그들의 고통에 동참하는 일은 단순한 위안을 넘어 영혼을 정화하는 씻김굿’ 같은 것이었다. 유진 오닐, 에드거 앨런 포, 샤를 보들레르 등 많은 작가들이 살아낸 헤아릴 수 없는 고난의 형태를 목격하고 마침내 그들과 자신 사이에서 인간 존재의 보편적 가능태를 발견한다.

“어떠한 삶도 인생에는 가능하며 인간에게 일어나는 일은 어느 것이라도 이상한 일이 아니라는 것을 수용하게 했다.”(「벽화壁畫 한 장」)

맹난자 작가의 이 외마디는 필자에게 뿐만 아니라 문학사에서 쉽게 잊히지 않을 것 같다. 인간 존재의 적자성赤子性을 깨달은 원체험이라고 할까. 니체의 "이 세상에 없어도 될 것은 하나도 없다"는 파격에서 멀지 않다. '인간은 아직 확정되지 않은 동물이다'라는 니체의 말처럼 인간의 진화 모습은 예측할 수 없다. 변하지 않는 것이 있다면 자연을 거스를 수 없다는 사실일 것이다. '존재하는 것은 숨쉬는 것, 살아 있는 것이 존재다. 그 외의 존재는 없다. 존재는 변화하는 것이지, 자기동일성을 유지하는 것이 아니다.' 인류문화의 역사는 수천 년 동안 목적론적 가치관에 인간을 묶어놓고 그 범주에 충성하느라 애면글면 애써왔다. 그러고 보면 니체도 맹난자도 이미 세상에 '만들어져 있는' 진실을 깨고 노자에게로 돌아가 사물의 본성을 만나고 싶은 공동의 관심을 가진 인물들이다.

4. 행복한 시지프스

맹난자 작가는 '죽음철학의 수필가'로 알려져 있다. 이는 물론 어머니와 동생들의 죽음으로 인한 아픔에서 시작된 정신적 외상에 뿌리를 두고 있다. 누구에게나 가족의 죽음은 있게 마련이고 피붙이의 죽음을 체험하며 산다. 하지만 맹난자 작가가 죽음에 천착하는 것은 인생의 덧없음에 주목하는 것도 아니고 사후세계가 궁금해서만도 아니다. 그의 죽음철학은 한마디로 삶을 가장 근원적인 차원에서 살고자 하는 실존의식에 뿌리를 두고 있음을 본다.

'삶의 긍정 그것은 죽음의 자리에서 나온다.' 그는 지구 곳곳에 묻혀 있는 52명의 작가들의 묘지를 직접 찾아다니는 문학기행을 감행했다. 그가 펴낸『그들 앞에 서면 내 영혼에 불이 켜진다』는 지금까지 문단에서 볼 수 없었던 광범위한 작가들에 대한 철학적 문학작품이다. 지하에 있는 그들 작가들이 지상에 있을 때 얼마나 처절하고 집요하게 삶을 살아냈는지 탐사한 문헌학적 의미 또한 결코 가볍지 않다. 그들 모두는 '철학하지 않을 수 없는 결핍을 안고 산 사람들이다. 고통을 초월할 수 있는 길은 단 하나 철학뿐이다'를 안고 살았다.

'인간 알기'와 '인간답게 살기'를 위해 바쳐진 맹난자 작가의 '자연회귀'는 특히 카뮈의 실존사상과 의기투합한다. "고통은 피하려고만 한다면 피해지지 않는다. 그 속에 발을 담그고 내게 주어진 물레를 묵묵히 돌릴 때, 그것은 어느 순간 소재所在도 모르게 연기처럼 날아간 듯 느껴질 때가 있었다. 견디기 어려운 일을 한다는 생각도 없이 계속할 때, 나는 카뮈가 말하던 '시지프스 의 행복'을 이해할 수 있을 것 같았다."(「고통에 대하여」) 카뮈는 어떤 고난이 따르더라도 부조리한 삶에 반항하는 시지프스가 되는 것이 인간으로 태어난 자유와 책임이라고 했다. 인간의 운명이란 오직 인간이 의식하는 순간에만 비극적이라는 시지프스의 깨달음은 결국 불교의 일체유심조一切唯心造 바로 그것이라는 것이다. 불교의 무아사상이다.

카뮈가 말한 '반항'의 의미는 키르케고르가 『죽음에 이르는 병』에서 역설했듯이 "절망은 하나의 상태일 뿐 사실이 아님"을 깨닫는 것이다. 상태로부터 탈출하는 길만이 죽음에 이르지 않고 살아날 수 있는 길이다. 의식하지 않으면 비극은 없다. 고통의 관리자는 인간이지 고통 자체가 아니다. "시지프스는 자신의 운명보다 더 우월하고 자신의 바위보다 더 강하다".(「행복과 부조리는 왜 같은 땅의 두 아들인가」) 맹 작가의 죽음론에서는 어둠이 아니라 삶을 향한 지극한 성실성, 지성至性을 만날 수 있다.

여고시절부터 교내외 문학콩쿠르에 입선하며 일간지에 작품이 실릴 만큼 문재를 드러내던 그는 이화여대 국문과에 진학했다. 대학 3학년 때 뜻하지 않게 소녀가장이 되어 가족의 호구를 위해 학업을 중단하고 생존의 현장으로 뛰어들었던 일 또한 그로 하여금 '무아'를 찾게 했다. 그가 죽음을 천착함으로써 삶의 의미를 강렬하게 체득한 것처럼, 학업 중단이라는 고해의 심층에서 무아를 건져올리는 자기 소멸의 과정에서도 마음을 다하고 힘을 다하고 목숨을 다했다. 그것만이 인간이 할 수 있는 실존성의 전부가 아니겠는가. 제도권 속에서 학업을 계속하지 못한 결핍으로 인하여 오히려 제도권 밖에서 독학으로 혹은 현자賢者들을 만나는 남다른 배움의 인연이 주어졌다. 그의 정신세계는 제도권이라는 범주를 활활 벗어날 수 있었고, 현자들을 만나 더 심오한 인생철학과 우주철학의 세계로 진입할 수 있었다. 그가 실존주의의 대표적 철학가 마르틴 하이데거를 독자에게 안내하는 내공은 그래서 가능했을 것이다.

하이데거(1889~1976)는 수천 년 동안 서양철학을 지배하던 형이상학을 뒤흔든 철학자다. 하이데거의 존재 물음은 과거와 같은 사물의 존재론이 아니라 인간 존재에 대한, 인간의 실존적 탐구다. 하이데거의 대표적 저서 『존재와 시간』은 전공자가 아니면 가까이하기 쉽지 않은 책이다. 맹 작가가 무리 없이 하이데거와 소통할 수 있는 것은 이미 불교라는 패를 손에 쥐고 있기에 가능했다. 하이데거 철학의 뿌리가 불교에 맞닿아 있음을 그는 아주 유연하게 안내한다.

"우리나라 철학자 박종홍 선생이 독일의 하이데거를 찾아가 실존철학에 대해 물었을 때 『금강경』을 보라는 그의 말에 충격을 받고 돌아와 『금강경』을 공부했다."(「존재의 유희와 있음의 경이」) 당시 이화대학 국문과 학생이던 맹난자 작가는 '실존주의와 공空 사상'에 관한 박종홍 선생의 글에 역시 적잖은 충격을 받고 즉시 『금강경』을 공부하기 시작했다. 『금강경』을 배우던 그 즈음 졸지에 가족을 돌봐야 하는 가장이 된 대학생 맹난자는 학교를 휴학하고 실험극장의 연극 활동도, 문학에 대한 꿈도, 학업도, 친구도 일시에 끊고 완전히 외딴섬이 되어 점차 말을 잃어갔다. '줄이 끊어진 악기처럼 아무것도 소망할 수 없었'던 것이다. 칠판에 쓰인 '유구有求면 유고有苦, 무구無求면 무고無苦'.

"그것을 보는 순간 벼락치듯 온몸을 관통하는 전율. 가슴속 멍울들이 그대로 과녁에 꽂힌 듯 녹아내렸다. 구하는 것이 없으면 고통도 없다. 욕망을 놓는 것이 괴로움의 소멸이다."

그는 이때부터 놓아버리는 습성을 익히게 되었던 것 같다고 했다. 난해하다고 알려진 하이데거의 철학서『존재와 시간』을『금강경』한 줄로 소통할 수 있게 한 맹난자 작가의 접근은 간단명료하다. 간단명료는 진실 체험의 속성이다. 아픔과 결핍을 내려놓기까지 체험한 고난의 기록이 그의 문학이다. 작가에겐 상구보리上求菩提요, 독자에겐 하화중생下化衆生 아니겠는가.

객설이지만 특히 전후세대에 젊음을 살았던 필자로서 부끄러움이 크다. 돌이켜보면 우리는 광복 후 5년 만에 한국전쟁을 만났고 미국을 비롯한 연합군의 한반도 출현으로 우리의 의식주는 천지개벽하듯 달라졌다. 우리는 스스로 우리의 것을 물질이든 정신이든 '엽전'으로 비하했고, 사람답게 사는 길은 오직 서구적 문화인이 되는 것이었다. 세계 최빈국이었던 코리아의 젊은이들이 해외로 유학을 떠날 때 호주머니에 달러가 없는 것에 주눅들었을망정 우리의 영혼에 우리의 것이 들어 있는지 없는지는 안중에도 없었다. 오히려 털어내고 갈수록 서양의 것을 더 많이 담아올 수 있을 줄 알았다. 온갖 고난을 무릅쓰고 '선진'을 배우고 돌아온 한국의 지성들이 남모르게 품고 있는 부끄러움이 있다. 서양의 정신적 뿌리는 불교와 노장의 경전에 그대로 들어 있음을 돌아와 깨달은 것이다. 설명되기 어려운 우리의 현대사다.

5. 만남의 비의秘意와 문학의 존재의미

> 문학은 인생의 등불이다. 어두운 밤, 우는 자와 함께 울어야 하며 넘어진 자를 위해 주저 없이 손을 내미는 여민동락與民同樂의 손길이어야 한다. 내가 쓴 글이 남을 기쁘게 한 적이 있었는가. 삶의 용기를 준 적이 있었는가? 내 붓은 무엇을 써왔는가?
>
> ―「붓 한 자루」 중에서

이렇게 자문하는 맹난자 작가는 아마도 그 순간 아토스 산의 수도원을 방문한 카잔차키스가 수도승에게 "당신 자신만 구원받아 천국에 가면 무슨 소용이 있는가?"라고 묻는 장면을 떠올렸을지 모른다. 그리고 "구원은 타인을 위한, 만인을 위한 헌신이 있을 때에만 주어지는 선물"이라는 『파우스트』의 한 장면을 떠올렸을지 모른다.

많은 문우들이 인과의 법망에 갇혀 감당키 어려운 역경을 만날 때마다 맹난자 작가를 찾아 아픔을 털어놓고 그의 삶과 문학에서 위로를 받는다. 작가와 독자 사이에서, 또는 독자와 독자 사이에서 만남의 비의秘意가 드러날 때만큼 문학의 존재의미가 그 역할을 다할 때가 또 있을까 싶다. 바로 '여민동고동락'의 자리다. 구도문학, 치유문학, 체험문학 무엇이라 이름 붙이든 '마음을 다하고 힘을 다하고, 목숨을 다해서' 살아온 작가의 체험적 글에서는 '마음작용'이 살아 움직인다. 문학이 인생의 등불인 이유다. 단련된 육체의 근력이 건강을 받쳐주듯, 자연을 갈구하는 영혼의 근력은 정신의 고통을 치유케 한다. 맹난자 문학에서의 구도와 치유는 둘이 아니다. 그의 글이 독자를 치유케 하는 힘이라고 믿고 있다.

맹난자 작가는 희수에 이르기까지 끊임없이 자신에게 묻고 있다.

> 산다는 것은 늙음으로 향하는 길, 늙는다는 것은 완성으로 가는 길일까?
>
> 그렇지만은 않은 것 같다. 내면의 떫은 것을 익혀내는 저 발열發熱과 인고忍苦의 시간. 홍시는 늙어서 그저 완성된 것이 아니었다.
>
> "익었느냐?"
>
> 손등으로 수박을 두드리듯 누군가 내 안을 노크한다.
>
> "익었느냐?"
>
> 어쩌자고 철들지 못한 떫음이 그대로 남아 있다.
>
> —「홍시」 중에서

'정직과 성실의 스승' 베토벤의 삶을 가슴 깊이 흠모하던 프랑스 작가 로망 롤랑은 베토벤의 생애를 담은 소설『장 크리스토프』로 1915년 노벨문학상을 수상했고, 1927년『베토벤의 생애』를 출간해 세상에 남겼다. 우리는 베토벤의 음악에 감동하면 할수록 그의 불우했던 삶에 아픔을 느낀다. 이때의 아픔에는 인간 영혼의 품격을 높여준 예술가에 대한 '빚진 마음'도 묻어 있을 것이다.

맹난자 작가의 제자와 후배들이 뜻을 모아 희수기념 평론집을 출간하며 그의 문학을 기리는 심중에도 맹 작가가 살아온 '운명 넘어서기'에 대한 사숙私淑의 염念이 자리하고 있을 것이다. 그리고 맹 작가의 문학으로부터 위로받는 빚진 마음을 어디엔가 담아 남기고 싶은 소망도 있을 것이다. '인간은 행복해지기 위해서가 아니라 하나의 인간이 되기 위해서 산다'는 로망 롤랑의 말을 음미할수록 맹 작가의 삶과 문학을 생각하게 된다. 예술이 갖는 치유의 힘은 작가의 삶과 작품 사이에 괴리가 없을 때 극대화된다는 사실을 독자는 새삼 체험하고 있다.

열대지방의 수목에는 나이테가 없다. 모진 삭풍에 매를 맞으며 생명을 지탱하는 한대지방의 나무일수록 선명한 나이테를 몸에 지닌다. 아열대 기후에서 조금만 날이 추워지면 못살겠다고 엄살떠는 사람에겐 맹난자 작가의 영혼의 나이테는 죽비竹篦 그대로다. 독자는 자신의 결핍이 어디에서 왔는지 근원을 묻게 된다.

—

홍혜랑/ 1994년 『한글문학』 수필 부문으로 등단하여 2002년 작품집 『이판사판理判事判』을 출간했다. 2007년 에세이 창작집 『자유의 두 얼굴』을 펴냈고 이 작품집으로 제26회 현대수필문학상을 수상했다. 2010년 수필선집 『문명인의 부적符籍』이 출간되었고 2016년 창작 에세이집 『회심의 반전』을 출간했다. 『회심의 반전』으로 제10회 조경희수필문학상을 수상했다. 2015년 『한국산문』에서 제1회 평론으로 등단했다. 현재 수필문우회 운영위원, 수필문학진흥회 기획위원으로 활동하고 있다.

'맹난자수필'의 전모와 전망

유한근/ 문학평론가

1. 수필가 맹난자의 행보

전제하건대, 본 에세이에 주어진 과제는 우리 수필문학에 미친 작가의 역할과 위상으로서, 한국수필계와 작가와의 관계를 기술해야 하는 명제이다. 따라서 문학 외적인 작가론을 그 범주로 할 수밖에 없다. 그러나 맹난자 수필가에 대한 문단적 혹은 수필계에 대한 영향력보다는 그의 작품세계가 우리 수필문학에 미친 바가 지대하기 때문에 작가론보다는 작품론을 병서竝書할 수밖에 없음을 먼저 밝힌다.

맹난자 연보[1]에 의하면, 문학과 관련된 인연은 이화여대 주최 전국여고문예콩쿠르 대회에서 희곡 「산비둘기」가 입선(1958년 9월)되고, 이화여자대학교 국어국문학과에 입학(1960년)한 것부터 시작되지만, 그의 본격적인 문단생활은 1996년 계간 『수필공원』

1) 맹난자, 『모과 한 알』(맹난자 선생 희수 헌정집), 에세이스트사, 2018. pp264~272.

(현『에세이문학』) 봄호에「소지」가 초회 추천되고, 여름호에「찻물을 끓이며」로 추천 완료되어, 그 해 첫 수필집『빈 배에 가득한 달빛』을 상재하면서 시작됨을 전제로 한다.

맹난자 수필의 특성은 문예지 등 잡지에 연재된 것으로부터 나타난다. 연재 에세이는 하나의 모티프를 지속적으로 참구參究하지 않고는 가능하지 않은 부분이다. 전문적인 지식 없이는 불가능한 창작활동임에도 불구하고 맹난자 작가는 등단 그 이듬해부터 연재를 시작한다. 그의 문예지의 첫 연재는『수필과비평』지에 '이야기로 읽는 주역에세이'이다. (1997년 1월) 2000년에 들어 국민일보에 '여의도 에세이'를 1년간,『책과인생』에 고사성어 에세이를 1년간 연재하였고, 이후로도 연재는 계속된다.[2] 특히 주목할 일은 주역에 대한 에세이를 연재한 한국 최초 수필가라는 점이다. 그 결과물로『주역에게 길을 묻다』(2012년)를 상재하여 그 이듬해 '문화체육관광부 우수도서'로 선정된다.

맹난자의 문단활동은 2000년에『에세이문학』편집위원, 기획위원부터 시작된다. 그리고 2002년 한국수필문학진흥회 사무국장, 송현수필문학회 회장,『에세이문학』발행인(2002년 11월~2008년 3월), 2003년 지하철 〈풍경소리〉 편집위원장, 한국수필문학진흥회 제7대 회장(2006년 3월~2008년 3월), 국제펜클럽 한국본

---

2) 2005년 월간『까마』에 '천지현황' 주역에세이 연재. 2008년『묵가』에 '주역산책' 연재하여『주역에게 길을 묻다』발간.

부 이사(2007년), 『월간문학』 편집위원(2009년), '젊은수필' 선정위원(2011~2014년), 한국수필문학진흥회 고문, 『에세이스트』 고문(2012년), 『문학나무』, 국제펜한국본부 자문위원(2013년), 한국문인협회 상벌제도위원장(2015년), 『한국실험수필』 자문위원 등을 역임했다.

이렇듯 맹난자 작가는 2000년에 들어서 수필과 관련된 단체의 책임자로, 그리고 수필과 관련된 문예지의 편집과 깊은 인연을 갖게 된다. 수필전문 문예지인 『에세이문학』의 전신인 『수필공원』을 비롯해서 『수필과비평』, 『에세이스트』 등과 깊은 관련을 갖고, 국제펜한국본부와 한국문인협회 이사 및 자문위원으로, 최근에는 『더 수필』 선정위원장으로 활동하고 있다. 『더 수필』은 1년 동안 여러 수필 전문잡지에 발표된 수필 중 그를 포함 8명의 선정위원들이 추천한 우수 수필을 집단적으로 평가하여 60편을 선정해 한 권의 책으로 묶는다. 이처럼 작가 맹난자야말로 좋은 수필과 작가 찾기에 심혈을 기울이는 진정한 '수필 사랑인'이다. 특히 사단법인으로 발전한 '한국수필문학진흥회'와 계간지 『에세이문학』에 창작 외적인 문학 활동에 공헌하고 있다.

저서로는 1966년 11월 첫 수필집 『빈 배에 가득한 달빛』(우리출판사)을 상재한 후 2015년 『본래 그 자리』(도서출판 북인), 2018년 『시간의 강가에서』(도서출판 북인)까지, 개정판 『남산이 북산을 보며 웃네』(1999년), 수필선 『탱고, 그 관능의 쓸쓸함에 대하여』

(2003년), 『만목의 가을』(2010년), 그리고 두 권짜리 책 작가묘지 기행 『그들 앞에 서면 내 영혼에 불이 켜진다』까지 합치면 총 14권의 저서와 편저 『도계실관』(1993년) 등 6권, 공저 중국문학기행집 『서호로 가쟈스라』(1999년), 『한국실험수필』(2018년) 등 9권 등을 상재했다.

이렇게 1996년 계간 『수필공원』 여름호 추천완료작인 「찻물을 끓이며」를 시작으로 등단 후 23년간 저서 14권, 편저 6권, 공저 9권 등 괄목할 만한 저술활동을 하였다. 그 결과로 '현대수필문학상'(2001년)을 비롯하여 남촌문학상, 정경문학상, 신곡문학대상, 조경희수필문학상, 현대수필문학 대상 등을 수상한 바 있다. 길다고 할 수 없는 수필가로서의 생애 동안 열정적으로 한 곳을 향해 달려온 셈이다.

맹난자 작가는 희수 헌정집 『모과 한 알』의 답글 「수필과 나」에서 이렇게 토로한다. "인간탐구에 대한 인문학적 성찰을 담는 그릇에는 수필만한 것이 없었다. 다행히 나는 시인이 되지 않고 극작가도 되지 않았다. 그것들과 잠시 인연이 있었지만 고맙게도 수필에 간택되어 수필가가 된 것에 감사한다. 왜냐하면 그것에 대한 해답을 찾아나가는 구도求道의 여정이 내게는 바로 수필쓰기였으니까. 종교와 철학, 주역周易과 문학의 언저리를 맴돌면서 평정을 찾았고, 이제 마음은 고요하다. 마음은 인연화합으로 잠시 드러난 현상, 실체는 없는 것이며 마음이 만든 걸 아는 게 깨달음이라는 원효의 일체유심조一切唯心造에 깊이 통감한다./ 글을 쓴다는 것은 '나는 누구인가' 자기 자신을 알아가는 과정이라고 생각한다./ 수필은 자기의 마음세계를 표출하고, 그 세계를 그리는 자화상에 가깝다(김태길)"라 말하면서 『화엄경』의 말을 차용하여 "수필은 마음의 바닥에서 자기도 모르는 무의식의 자신과 만나는 일이다. 무의식의 의식화, 그 치유는 병든 마음을 스스로 알아차리게 되는 각성"이라고 말하는 한편, 유진 오닐과 아쿠타가와 류노스케의 고통을 통해 "작가의 고통에 동참하는 일은 단순한 영혼을 정화시키는 씻김굿과도 같다"는 생각을 피력한다. 그리고 오스카 와일드의 말 "슬픔은 인간이 가질 수 있는 최고의 정서. '슬픔이 있는 곳에 성지聖地가 있다'"는 말에 대해 "슬픔을 뛰어넘는 무욕無慾의 대비大悲. 이것이 불교와 문학이 궁극적으로 지향하는 인간의 완성이 아닐까 한다.

수필만큼 심층적이고 영적靈的인 문학이 다시 있을까. 수필쓰기는 자기 완성을 향한 영혼의 계단 밟기"라고 맹난자 작가는 말한다. 어떤 이는 그의 수필을 '영적수필'이라 말하는데 아마 이 때문일 것이다.

또 맹난자 수필을 '불교수필'이라고 말하는 것에서, 그리고 불교수필로서 불교와 문학의 접점을 "슬픔을 뛰어넘는 무욕無慾의 대비大悲"를 통해 인간적 완성으로 인식하는 것에서 그의 문학정신의 일단을 엿볼 수 있다. 불교와 문학의 접점을 깨달음에 이르는 지혜를 얻는 것이라는 필자의 견해와 맞닿아 있기도 하다. 현대 수필가 중에서 '영적수필'이나 불교적인 수필을 쓴 작가가 없지는 않았다. 그러나 필자는 그의 수필을 기존의 어느 한 영역으로 제한하는 것이 온당하지 않다는 생각에서 그의 수필을 '맹난자수필'이라 총체적으로 고유화해서 부른 적이 있다.

이 부분에 대한 연속적인 담론은 잠시 뒤에 거론하기로 하고 그의 한국 현대수필에서의 위상과 역할을 먼저 가늠하려 한다.

2. 맹난자수필의 전모全貌와 전망

한국 현대수필을 편의상 타 장르처럼 등단 제도의 시작을 기점으로 해서 논의한다면, 우리 수필 역사는 채 반세기도 되지 않는다. 종합문예지인 『현대문학』과 『월간문학』에서 각각 신인추천제도와 신인작품상 제도가 시작된 것이 1970년대이기 때문이다. 그동안 한국수필계에서 지속적으로 대두되었던 문제점들이 있다. 수필의 문학성, 수필의 허구성, 수필이론과 비평의 부재, 문학권에서의 수필의 위상 등이 대표적이다.

이 논의가 계속되는 이유는 이 쟁점에 대한 정리가 일각에서는 마무리되었다고 말하고 있기는 하지만 이에 따른 발전 방향은 여전히 부재하기 때문일 것이다.

김태길은 「현대수필의 쟁점」이라는 발표문에서 세 가지 소주제를 제시했다.[3] '수필이론에 대한 요청' '수필의 개념과 영역에 관한 물음', 그리고 '체험과 허구에 대한 문제'가 그것이다. 이 소주제들은 1990년대의 쟁점에 머무는 것이 아니라 지금까지도 계속 논점이 되고 있다. 전문적인 수필이론의 필요성, 수필의 문학성, 그리고 수필의 허구성 문제가 그것이기 때문이다.

김태길은 첫 번째 소주제에서 "수필다운 수필과 수필 미달의 수필을 구분하고 좋은 수필을 위한 자침磁針의 구실을 할 수 있는 수필이론의 형성이 요청"된다고 힘주어 말한다. 그리고 두 번째 소주제에서는 "문학성이 수필다운 수필을 위한 필수요건이라면, '문학이란 무엇인가' 하는 물음에 대한 대답이 준비되어야 할 것이고, 수필의 문학성과 시 또는 소설의 문학성이 같은 것이냐, 하는 물음도 대답을 얻어야 할 것이다"라고 하며 "장차 탐구해야 할 과제"로 남는다고 말한다. 그리고 수필의 영역에 대해서는 "서정적 수필에는 서정적 수필로서의 값이 있고 설리적說理的 수필에는 설리적 수필로서의 값이 있다는 방향으로 의견이 모아질 가능성이 높을 것으로 전망된다"고 한다. 그리고 세 번째 소주제에 대한 담론에서는 "수필도 하나의 창작활동이라면, 그것은 단순한 기록이 아니라 필자의 주관이 작용하여 만들어내는 작업이라고 보아야 할 것이다. 그러나 소설가에 비하면 수필가가 만들어낼 수 있는

3) 수필문우회 창립 10주년 기념 '한·중·일 수필문학 국제 심포지엄(1991년 8월 24~25일. 서울대 호암회관) 『어떤 수필이 높이 평가되는가』의 발표 논문집.

재량의 폭은 훨씬 좁다는 사실을 소홀히 생각해서는 안 될 것이다. 결국 우리의 문제는 일종의 정도의 문제라고 생각되며, 수필에서의 '허구'의 문제는 결국 수필가의 '만들어냄'이 어느 정도까지 허용될 수 있느냐는 문제로 귀착할 것"이라고 예상했다. 이렇듯 수필에 대한 문제 제기는 이 책자가 발간된 1991년 여름이나 지금 2019년 한국 현대수필을 진단해볼 때 조금도 진일보하지 못했다.

그 다음 쟁점인 수필이론의 부재 문제에서 김태길은 "좋은 수필을 위한 지침의 구실을 할 수 있는 수필이론"의 필요함을 역설하고 있다. 최근에 이르러 수필전문 문예지에서는 수필전문 비평가들도 배출되고 그 수필전문 비평가들이 활발하게 활동하고 있다. 이들은 비평에 관심 있는 수필가나 대학 강단에서 수필창작론을 지도하는 교수들이 대부분이지만 이들에 대한 기대를 간과할 수는 없을 것이다. 그러나 문제가 되는 점은 이들의 비평이론이 이미 정착된 소설론이나 시론을 차용해서 그 비평척도로 삼고 있다는 점이다. 혹자의 이론이 그렇다고 밝힐 수는 없지만, 어떤 경우에서는 수필작품의 비평재단에 맞지 않아 평가의 오류가 있을 수 있고 또는 그 작품에 대한 감상조차도 오류를 범할 수 있다는 점이 한계점이다. 비평의 기능에는 김태길의 제언대로 "수필다운 수필과 수필 미달의 수필"에 대한 평가에만 있지 않다. 비평은 좋고 나쁨을 판별하는 잣대 역할만 해서는 안 된다. 그보다는 감상과 해석, 그리고 그 작품과 작가가 나가야 할 방향까지도 제시해

주어야 할 것이다.[4)]

이러한 김태길의 한국 현대수필에 관한 문제점에 대해 지평 제시가 성급한 결론일 수는 있지만, 맹난자수필은 김태길이 제시한 문제점을 해결해주는 지평을 작품으로 열어놓고 있다고 할 수 있다. 수필의 문학성, 수필의 허구성, 수필이론과 비평의 부재로 요약되는 '수필이론에 대한 요청' '수필의 개념과 영역에 관한 물음' 그리고 '체험과 허구에 관한 문제' 등을 해결해주는 단초를 작품으로 제시해주고 있는 것이다. 또한 문학권에서의 수필의 위상 문제에 대한 지평도 제시하고 있다는 점에서도 그러하다. 특히, 김태길의 "서정적 수필에는 서정적 수필로서의 값이 있고 설리적說理的 수필에는 설리적 수필로서의 값이 있다는 방향으로 의견이 모아질 가능성이 높을 것으로 전망된다"는 지적으로 비추어볼 때 맹난자의 수필은 그 두 가지 면을 모두 성취하고 있다.

맹난자수필의 초기 작품은 감성적인 문체로 쓴 서정수필의 본모습이다. 그러나 최근에 쓴 수필을 모은 수필집에서는 김태길의 용어인 설리적說理的 수필을 보여준다. 로고스와 파토스, 그리고 에토스적 설득을 지니는 멀티수필로서의 총체성을 보여주고 있기도 하지만. 또 한편 새로운 전망이라 할 수 있는 '에세essai'에 해당하는, 크로스오버 시대에 발맞추는 실험적인 수필을 보여주는

---

4) 졸고「한국 현대수필의 진단과 전망①/ 쟁점에 대한 탐색과 새 지평」, (『에세이피아』 2015년 여름호) 참고.

기미幾微도 보인다. 우리 모두가 알고 있는 사실이지만, 수필은 영어로 '에세이essay'이다. 프랑스어로는 '에세'로 시도試圖·시험試驗의 뜻이 있다. 이 말은 라틴어의 '엑시게레exigere'에 그 어원을 둔다. '엑시게레'는 계량하다 혹은 음미하다는 의미를 가진다. 그 어원으로 보면 에세이는 비평적 기능과 맞잡게 된다. 그리고 프랑스어에서 어원을 되새겨보면 무엇인가를 새롭게 시도한다는 의미를 갖게 되는데, 그의 다양한 수필의 주류 경향인 비평적 수필이 이른바 '평설수필'인 그것이다.

필자는 맹난자수필에 대해서 최근에 몇 차례 담론을 전개한 바 있다. 맹난자 수필집 『나 이대로 좋다』의 서평 「적멸위락寂滅爲樂의 수필미학」과 『시간의 강가에서』의 발문 「진심출사眞心出死의 수필미학」이 그것이다. 이 글들은 최근의 수필에 대한 평설이기 때문에 초기 작품을 온전하게 반영한 작품론이라고는 볼 수 없다. 그러나 이 수필 속에서도 그의 수필 특성을 탐색할 수 있었다.

수필집 『나 이대로 좋다』에 수록된 「니르바나의 노래」 결말 부분의 문장은 다음과 같다. "주섬주섬 나는 묵은 빚을 챙긴다. 그런데 이번 여름 나는 알 수 없는 미열에 잡혀 (대상포진으로 판명났음) 거미줄에 걸린 생명처럼 아무 저항 없이 지낸다. (…) 내가 올라탄 거미줄이 음표처럼 출렁였다. 때론 이슬로 '반짝'했다. 그 위로 서늘한 바람 한 줄기가 지나갔다. 헐거워진 나사처럼 불편한 대로 다만 하루하루를 보내고 있다. 바라는 바 없이 평온한 나날이다"가 그것이다. 이 부분만 보아도 그의 수필은 다분히 시적 표현 구조임을 알 수 있다. '세차게 울어대는 매미' '거미줄에 걸린 생명체' '이슬'이 은유하는 바는 작가의 서정적 자아이다. '묵은 빚'이 의미하는 바는 이 세상에 태어난 빚이다. '헐거워진 나사처럼'은 작가가 말하고자 하는 메시지인 적멸위락寂滅爲樂의 미학의 한 단면을 보여준다. 불교사상을 감각적인 시적 문학으로 표현할 수 있는 것은 시적 표현구조를 문장 구조나 시적 미학을 초극했다는 의미일 것이다.

이 수필집의 서평 「적멸위락의 수필미학」에서 필자는 이어서 이렇게 썼다. "불교는 마음의 종교이다. 마음을 다스리는 종교이다. 불교는 비언어적 마음을 바탕으로 성취된다. 본체는 언어 이전의 것이며 비언어적인 것은 침묵 속에서 드러나기 때문이다. 그래서 불교에 있어서 선禪은 비언어화의 선적 공간에서 이루어진다고 한다. 그러나 문학은 언어화를 통한 침묵의 깨우침, 언어화 과정을 통한 비언어화 상태의 심적인 깨달음에 이르려 한다. 문학 또한 마음을 표현하고 있지만 마음을 다스리기 위해 존재하며 깨달음을 궁극적인 목표로 하고 있다. 이런 점에서 불교와 문학은 정체성에서 동질성을 갖는다는 것을 맹난자 작가의 수필을 일별하면서 느낄 수 있었다. 깨달음의 공간이 작가가 가닿으려는 궁극점이기 때문이다. 따라서 작가 맹난자에게 있어서 불교와 수필은 하나이다. 한국수필의 은유 구조와 상징체계로 불교의 지평을 열어주기 때문"이라고 말하면서 가족사 수필이나 일상적 모티프 수필 일변도인 한국수필계에 주목받는 작가임을 밝혔다.

그리고 "맹난자 수필은 특별하다. 그의 작품은 우리의 가슴을 어루만져준다. 어떤 때는 머리에 충격을 주기도 한다. 그리고 끝내는 우리 시대의 화두인 '힐링'의 의미를 환기"해주는 수필로, 니체의 로고스적 요소와 파토스적인 요소를 두루 갖추고 있는 대표적인 작품으로 「니르바나의 노래」를 지목했다. "불교적인 상상력 혹은 우주적 상상력과 함께 개인적인 미학적 상상력을 촉발시켜 우리의 삶에 있어서 무엇이 중요한가를 느끼고 사색하게 한다. 그리고 이 작품은 작가가 그동안 부단히 탐색해온 인간의 생사 문제와 열반의 문제를 쉽게 설명해주고 있다. 특히 죽음의 문제에서 간과할 수 없는 '윤회'의 정체를 쉽게 밝혀줌으로 해서, 사는 것이 죽는 것이며, 죽음이 삶이라는 생사일여生死一如의 미학으로 우리 모두를 평상심平常心으로 돌아가게 한다. 이런 점에서 작가 맹난자의 수필은 미학적인 국면에서 피천득의 수필과 김진섭의 수필을 변증법적으로 결합한 한국수필의 새 지평을 여는 통섭수필 혹은 통합수필인 셈이다. 그뿐만 아니라 불교문학적인 입장에서 수필의 영역, 그 지평을 새롭게 연 작가"라고 말한 바 있다.[5)]

그러나 수필집 『시간의 강가에서』의 발문 「진심출사眞心出死의 수필미학」에서는 "불교문학적인 관점에서만 바라볼 것이 아니라,

---

5) 맹난자 수필집 『나 이대로 좋다』의 서평 졸고 「적멸위락寂滅爲樂의 수필미학」 중에서.

그 맥락 속에서 세계정신사적 혹은 문학사상적 맥락에서 재조명하여 바라보아야 할 것이라는 생각을 갖게 되었다. 이런 시각의 귀납적 결과가 같은 것이라 해도 그 사유의 과정을 디테일하게 살핌으로써 한 작가의 정신사를 탐색할 수 있다는 점에 주목하게 되었다.

'존재에 대한 단상'에서는 사물과 유기체인 미물에서부터 인간에 이르기까지 생명에 대한 존재의미를, '몸에 대한 사유'에서는 정신과 대척적인 자리에 있는 육체에 대한 욕망과 사랑 등을, 그리고 '자연에서 배우다'에서는 공자, 노자, 라즈니쉬, 보르헤스의 자연관과 시간관을 통해서 인간의 생사 과정에서의 제 문제를, '문학의 힘'에서는 노자, 원효를 비롯한 동서양의 석학과 문인인 춘원, 노신, 조나난 스위프트, 오에 겐자부로, 마크 트웨인, 존 스타인벡과 헤세의 정신사적 편력을 살피면서 문학의 힘으로서의 현상학을, '독서의 즐거움'에서는 작가가 섭렵한 독서의 일단을 그리고 이와 같은 맥락의 '불교로 읽는 문학'에서는 사뮈엘 베케트, 몽테뉴, 카잔차키스, 말라르메의 글에서 문학사상과 불교사상의 연관 관계를 탐색할 수 있었다.

이렇듯 시간과 공간을 넘나드는 작가의 사상적 궤적을 일별하는 것이 즐거움이 되면서도 따라잡기가 벅참을 진솔하게 토로하며 맹난자 작가의 '시간의 강가에서', 그 공간 속으로 들어가 깊은 사유의 세계에 다다를 수 있었다"고 했다.

한편 이 작품론에서 맹난자수필의 다른 특성도 찾아보았다. "맹난자는 이미 『그들 앞에 서면 내 영혼에 불이 켜진다』 1, 2권(2012년)을 통해 52명의 작가묘지기행을 보여줬다. 그 뒤 『주역에게 길을 묻다』(2012년), 『나 이대로 좋다』(2013년), 『본래 그 자리』(2015년)를 펴내면서, 죽음의 문제를 개인적 모티프로 하여 전 작품에 관통시켜왔"음을 확인했고, 수필 「까마귀」에서는 "기존의 그의 수필과 다소의 변별성을 갖고 있는 것은 '까마귀'라는 표상물을 통해 정서적 토로를 감성적 문체로 쓰고 있다는 점이었다. 이러한 특징은 맹난자 수필에서 흔히 볼 수 있는 일이다. 그것은 온축된 지식과 시적인 문장의 힘"임을 살펴볼 수 있었다.

그리고 비평적 수필인 「문학의 힘」에서는 동서양의 명작을 섭렵하며 "독서는 이와 같이 사람의 마음을 전해주고 있"음과 "그래도 살아서 기쁜 것은 책에서 문학의 힘을 느낄 때"라고 하는 작가의 토로를 접할 수 있었다. 그리고 "이 수필은 문학의 원동력이 독서에서 기인함을 말하기 위해 오에 겐자부로의 『읽는 인간』의 독서 체험을 거론하며 마크 트웨인의 『허클베리 핀』을 읽은 겐자부로의 바뀐 삶에 주목한다. 그럼으로써 겐자부로의 잠언적 언어와 마크 트웨인의 『허클베리 핀』의 미국문학사의 위상을 환기한다. 독서로 연결되는 마크 트웨인→ 오에 겐자부로→ 작가 맹난자의 문학정신을 문학의 힘으로 이해"하는 계기를 가졌다.

그리고 이 졸고의 결말 부분에서 "말라르메의 「목신의 오후」를 보조국사의 『진심직설眞心直說』의 핵인 '허공 꽃'과 대비하여 쓴 평설을 어쭙잖게 평하는 것은 췌언에 불과하다는 판단"임을 토로했고, "이에 따라 필자는 이러한 성격의 에세이를 한국 현대수필사에서 어떻게 자리매김해야 하는가에 대한 담론은 있어야 할 것으로 믿으며, 우리가 앞으로 풀어야 할 문제로서 제기"한 바 있다. 또한, 맹난자수필은 "수필의 영역 속에 넣지 않고 문학비평의 범주로 종속시키면 더 거론할 여지는 없다. 그러나 '맹난자수필'이 에세이라는 영역에 있다는 점"에서 그의 수필을 비평적 수필 혹은 평설적 수필의 가능성을 여는 수필로 본 바 있다.

이렇게 맹난자수필은 그 누구에게서도 볼 수 없었던 방식으로 수필의 영역을 확장시키고 있다. 그것을 영성수필, 불교수필로 한정된 카테고리에 종속시킬 수는 없을 만큼 맹난자수필은 다양하다. 크고 넓다. 그래서 필자는 편의상 '맹난자수필'로 명명할 수밖에 없었음을 이 글에서 거듭 토로한다.

3. 맹난자수필의 인문학적 특성

그러나 '수필문학에 미친 작가의 역할과 위상'을 담론하는 이 장場에서는 맹난자 작가의 수필을 자리매김해야 한다. 맹난자 작가가 쓴 수필을 필자는 영성수필, 불교수필, 동양사상수필, 평설수필, 통합수필, 멀티수필 등 여러 가지 이름으로 지칭했지만 어디까지나 맹난자가 쓰는 수필은 '맹난자수필'로 지칭되어야 한다. 이런 지칭이 최선이든 차선이든 아니면 최악이든 그것은 문제되지 않는다. 맹난자 작가가 쓴 작품에 영향을 받은 작가들이 쓰는 수필도 '맹난자수필'이기 때문이다.

맹난자 작가는 문단에 나서지 않는다. 나서야 한다면 그때는 수필사랑으로 수필의 위상을 높이기 위한 창작 외 행위일 것이다. 후학을 기르는 행위와 함께. 하지만 자아성찰, 자신의 영혼탐색인 글 쓰는 창작행위와는 별개의 것임을 우리는 안다. 잉게보르크 바하만의 말처럼 '오늘의 결론이 결코 결론일 수 없는 것'처럼. 또한 맹난자 수필의 인문학적 특성을 눈치챈다. 작가가 그동안 보여준 저서나 수필을 통해서 그의 인문학적인 관심을 알고 있다. 죽음이라는 인간의 보편적인 모티프를 개인적 모티프 삼아 지속적으로 참구했음도 알고 있고, 그 결과물도 동서양의 고전과 오늘의 미래 고전 속에서 탐색해냈음도 안다. 우리가 모르는 단 한 가지가 있다면 그것은 그가 미래 수필의 모습을 어떻게 보여줄 것인가라는 점이다. 이 과제가 그의 수필에서 눈을 떼지 못하게 하는 요인이 되고 있다. 그 점까지도 우리는 주목한다.

—

유한근 | 동아일보 신춘문예 평론 당선. 『현대불교문학의 이해』『한국수필비평』『원 소스 멀티-유스, 문학이야기』『인간, 불교, 문학』 등 다수. 명상언어집 『별과 사막』. 시집 『사랑은 흔들리는 행복입니다』 등. 동화집 『무지개는 내 친구』 등 저서와 논문 다수. 만해불교문학상, 한국문학평론가협회상, 신곡문학상 대상, 여산문학상, 동국문학상. 월산문학상 등 수상. 디지털서울문화예술대 교수 · 학생처장 · 교무처장 역임. 『인간과문학』 주간.

수필의 형이상학적 욕망

신재기/ 경일대학교 교수, 문학평론가

1.

이 평문은 맹난자의 수필세계를 탐색하고 논의하는 글이다. 본고 집필에 할당된 대상은 수필집 『사유의 뜰』(2001년)과 『라데팡스의 불빛』(2007년) 두 권이다. 두 수필집에는 겹치는 작품이 적잖다. 이 둘은 발간 시차는 있으나 창작방법이나 작가의 세계관에서 동궤의 것으로 보아도 무방할 듯하다. 전반적으로 작품 경향이 자아의 감성 표출보다는 직관적 사색에 쏠렸지만, 그 기저에는 한국 전통 수필의 서정성이 흐르고 있다.

한 작가가 구현하는 문학세계는 변화하게 마련이다. 그렇지만 두 작품집에 발견되는 수필의 특징은 맹난자 문학의 전체 맥락에서 동떨어진 것이 아닌 만큼 분리하여 따로 논의할 필요는 없을 것 같다. 이처럼 특정 작품집에서 논의를 시작하지만, 전개 과정에서는 맹난자 수필문학 전체가 그 대상이 된다. 혹시 부분을 전체로 확대하는 과정에서 발생할 수 있는 작은 어긋남, 불협화음, 논리상 오류 등은 오롯이 이 글이 책임질 몫임을 잘 알고 있다.

2.

맹난자는 한국 수필문단의 중심에 있으면서도 창작방법에서 일반적 관행을 따르지 않고 자기만의 창발적인 집을 지으려고 노력한 수필가다. 그만큼 그는 특징적인 자기만의 수필세계를 보여주었다. 문단에서 많은 사람이 그렇게 규정했듯이 맹난자 수필은 '철학적'이다. 그의 수필에서 '철학적' 특징이 두드러진다는 점은 누구도 부인하지 못할 것이다.

그렇다. 그의 수필에 채색된 색채는 철학성이 짙다. 철학적 색채와 요소는 그의 수필 곳곳에 편만해 있다. 그는 "인간 삶에 기여하는 높은 인문정신, 인간을 묻는 철학"(『시간의 강가에서』, 142쪽)이 문학이라고 강조한다. 맹난자는 수필문학의 궁극적 지향을 인간 존재와 삶에 대한 철학적 물음이라고 생각하고, 이를 구현하는 창작을 꾸준히 실천해온 수필가다.

> ① 나비의 두 날개가 한 장으로 접어지듯 몸과 마음을 포개어 마침내 아무것도 아닌 것으로 조용히 풍화風化되고 싶다. 텅 빈 숲 둘레에 어둠이 가만가만 내려앉는다. 나는 적요 속에 한

점의 정물靜物이 되어 그냥 앉아 있다. 이윽고 편안한 어둠이 몸을 감싼다. 푸른 어둠의 바다 밑으로 잠기고 있다. 이제 나는 아무것도 아니다.

—「산책」 중에서

② 그것은 결국 우리로 하여금 맞닿을 수 없는 어느 허무의 벽을 짙게 하고야 말리라. 한 발자국 다가서면 또 한 발자국 비켜가는 자신의 그림자처럼, 어쩌면 몸이 도달하고 싶어하는 지점도 끝내는 허구虛構가 아닐까 하는 생각이 들었다. 양파 껍질처럼 한 겹 한 겹 다 벗겨지고 나면 끝내는 망실亡失, 바로 그 발밑은 죽음의 계곡이 아닐까?

—「탱고, 그 관능의 쓸쓸함에 대해여」 중에서

③ 파괴적인 욕망은 사랑의 다른 얼굴이었다. 관능과 죽음은 참으로 등배지간이었다. 귀가 멍멍해오는 백색의 여름날 오후의 권태를 죽이기에는 투우가 적합할는지도 모르겠다는 생각이 든 건 바로 그때였다. 죽음보다 확실한 생의 체감體感이 어디 있겠는가. 그런데 왜 내 안에 있는 파시파에적 욕구조차 일어나지 않는 것일까?

—「투우鬪牛」 중에서

위 예문은 수필집 『사유의 뜰』 첫머리에 수록된 세 작품의 결미 부분이다. ①은 산책길에서 접한 자연과 사물을 통해 현재의 자기 존재를 사색한다. ②는 아르헨티나에서 온 뮤지컬 〈포에버 탱고〉 관람기다. ③은 라디오에서 들려오는 〈투우사의 노래〉를 듣고 투우 장면을 상상하면서 다양한 사유를 펼치는 작품이다. 이들의 공통된 성격을 상식적 차원에서 보면, '철학적'이란 규정이 가장 적합할 것이다. 인간 존재나 삶의 본질적인 문제에 대한 관심과 사색이란 점에서 그렇다.

이처럼 맹난자의 수필에는 철학적 성격이 선명하게 드러난다. ①에서 작가는 일상의 그 흔한 산책을 하면서도 자기 존재의 본질 문제에 다가간다. ③에서는 가볍게 집안 일을 하면서 음악을 듣다가 생의 확실한 체감은 죽음임을 깨닫는다. ②에서는 현란한 탱고춤을 감상하면서 인간의 원초적인 관능이 무상이나 죽음에 닿아 있다는 생각을 한다. 그의 수필은 개인적 경험에서 시작하여 인간 존재의 보편적 문제로 확대한다. 이 과정에서 주관적 정서는 언제나 이성적 사고 속으로 스며든다. 어쩌면 그의 수필은 문학을 빌려 철학하기에 몰두하는 것같이 보이기도 한다.

수필이 이러한 철학적 관심과 태도를 드러내는 것은 그리 낯설지 않다. 수필쓰기는 삶의 경험을 정리하고 해석하는 행위다. 해석은 앞뒤를 따져 분석하고 거기에 의미와 가치를 부여하는 일이다. 그것은 세계를 바라보는 주체의 관점이고 가치관의 표출이다. 이런 일련의 과정은 철학 그 자체는 아니더라도 철학의 성격을 다분히 지닐 수밖에 없다.

문학 중에서 철학적 과제에 가장 쉽게 접근할 수 있는 장르가 수필이다. 수필을 두고 흔히 '사색의 문학', '성찰의 문학'이라고 하는 것도 이런 성격 때문일 것이다. 사색과 성찰은 인생과 세계에 대한 본질적 원리를 탐색하는 철학의 기본 방법이다. 하지만 철학적 관심을 통해 보편적 원리에 도달할 필요가 있는 우리 수필은 그동안 이 같은 기본 책무를 외면해왔다. 존재와 세계에 관해 궁구하면서 철학의 보편적 원리를 도출하지 못하고 개인의 정서적 반응으로 일관했던 것이 우리 수필문학의 한계였다.

그런데 맹난자는 달랐다. 그는 소르본대학 앞의 골목에 있는 '데카르트 거리'와 '몽테뉴 거리'를 두고 우리 수필의 철학성 부족을 이렇게 비판한다.

> 나는 우리의 철학적 빈곤과 주체의식에 대해 말하고 싶은 것이다. 무엇이든 여과 없이 맹목적으로 추종하는 우리들의 유행의식과 페르낭보르텔의 말처럼 조류潮流의 흐름은 보지 못하면서 파도만 보고 '바다를 보았다'고 떠들어대는 우리들이 언어 습관과 인기 연예인 등에게 쏟는 사적私的인 정보 위주의 관심 따위며 그 볼륨 등은 어떻게 낮춰볼 수 없는 것일까? 더 진지한 인생의 근본문제 핵심 접근은 어떻게 가능한가? 하는 요체들을 이 각성覺醒의 계절에 함께 생각해보고 싶었던 것이다.
>
> —「카페 필로」 중에서

수필계 외부에서나 내부에서 끊임없이 문제점으로 제기되었던 것이 '신변잡기'다. 이는 바로 철학적 성찰성이 부족한 수필을 겨냥하고 있다. 맹난자는 이러한 비판적 인식을 구체적 창작에 적용하고 실천했던 수필가다. 맹난자를 수필 창작에서 그만의 집짓기에 충실했던 수필가로 규정하는 것은 이런 이유에서다. 그는 한국 수필의 철학성이나 사상성 부족에 언제나 불만을 가졌던 수필가다. 가벼운 일상의 경험을 주관적 서정으로 채색하는 우리 수필의 일반적 경향을 비판하고 뛰어넘고자 했다.

문학과 철학은 궁극적 지향점이 다르다. 문학 텍스트가 정서적 감동에 무게를 둔다면, 철학은 세계와 인생에 대한 객관적 진리를 규명하는 데 초점이 맞춰진다. 하지만 감정 표출만이 문학 전부일 수 없다. 문학은 인생의 의미, 도덕적인 선악 문제, 인간의 품성과 양심, 자아와 세계의 다양한 관계에서 빚어지는 갈등, 우주적 존재로서 인간 본질 등과 같은 철학적 과제를 꾸준히 탐색해왔다. 양자의 담론과 방식이 본질적으로 다르지만, 관심 두고 탐구하는 대상은 크게 다르지 않다는 뜻이다.

물론 문학은 철학과는 차이 나는 문학만의 특성을 살리는 것이 최선의 길이다. 문학은 문학다워야 하기 때문이다. 철학적 지식을 빌려와 현학적 취향을 과시하거나 존재의 의미와 삶의 가치를 주관적인 잣대로 선불리 재단하는 관념적 사유의 남발은 수필을 문학도 아니고 철학도 아닌 어중간한 결과물로 만들고 말 것이다.

그렇다. 수필이 철학을 추종할 필요도 없고 철학적 과제를 필수적으로 소화할 의무도 없다. 즉 철학에 기대어 문학이 제 빛을 오히려 잃어버릴 수 있다는 점을 경계해야 한다. 여기서 중요한 것은 수필 속에 철학이 녹아들어야 하지 수필이 철학의 부분이 되어서는 안 된다는 점이다. 이 점이 철학적 수필의 성패를 좌우한다.

3.

수필집 『사유의 뜰』에는 표제작이 없다. 즉 낱개의 작품 이름으로 작품집 제목을 지은 것이 아니라, 작품집을 엮으면서 전체를 아우르는 제목을 찾아 붙였다. 작가가 작품집 이름을 '사유의 뜰'이라고 한 것은 그만큼 자신의 수필이 '사유'를 지향했다는 점을 밝히는 것이며, 나아가서 '사유'는 수필의 본질적 속성이라는 관점을 피력한 것이다. 물론 '사유'는 개념의 외연이 넓다. 인간의 의식활동 어디에 적용해도 사유라는 개념은 어색하지 않으니 말이다. 하지만 이 수필집에서 '사유'는 '철학'의 동의어로 읽힌다. 사유와 철학을 등가의 개념으로 전제했을 때 작품집 제목과 그 내용의 상관성에서 일치와 어긋남은 엇비슷한 농도로 드러나는 것 같다.

일치라는 관점에서 본다면, 가장 성공적인 작품은 「탱고, 그 관능의 쓸쓸함에」와 「투우鬪牛」가 아닐까 싶다. 이는 이 수필집의 대표작이라 할 수 있다. 전자에 관해서는 김종완과 황필호의 치밀한 해석까지 덧붙여졌다. 그만큼 이 작품이 문제작임을 말해주는 대목이다. 이 두 작품의 주제는 거의 같다. 어쩌면 맹난자 수필을 관통하는 핵심 주제의식일 수도 있다. '생生과 사死가 맞닿아 있음', '생사 양자가 다르지 않음'이란 사상이 그것이다.

확대하면 이는 '생과 사가 둘이 아니라 하나'라는 불교의 '공사상'과 맥락을 같이하기도 한다. 또한 불변의 실체로서 '나는 없다'는 '무아無我'도 맹난자 수필을 관통하는 기본 사상이다. 그래서 현실에 만나는 만물의 실체는 어쩌면 '환상'이고, 삶이 죽음의 배면이라는 점에서 현실에 매달리는 우리 인생은 허무와 무상의 연속이다. '인생무상'의 염세적 세계관이 맹난자 수필 곳곳에 배어 있음을 확인할 수 있다.

탱고 춤의 현란한 몸동작, 여기서 발현되는 관능은 존재와 생명의 근거이다. 관능은 실존이고 생명이고 삶의 동력이다. 하지만 작가는 실존과 생명의 근원이라고 할 수 있는 관능에서 관능 그 자체의 순수함보다는 그것에 묻어 있는 허무와 죽음의 모습을 발견한다.

> 화려한 복장과 경쾌한 음악, 에로틱한 율동에도 불구하고 나는 왜 탱고의 관능을 허무와 동렬同列에 두고 바라보게 되는 것인지 알 수 없다. 무대 뒤에서 화장을 지우는 배우의 심정처럼 처연해지는 것이다. 가면을 내려놓은 뒤 거울 속 자신의 얼

굴과 마주한 느낌이라고나 할까. 사물의 뒷모습은 때로 앞모습보다 훨씬 더 본질적인 때가 있다.

—「탱고, 그 관능의 쓸쓸함에 대하여」 중에서

작가는 역동적인 힘과 매혹적인 관능 뒤에 감추어진 허무와 쓸쓸함에 주목한다. 진정한 에로티시즘이나 관능이 탱고 춤이 지니는 외형상의 특징이라면, 거기에 배인 쓸쓸함과 허무는 작가 사상의 투사이다. 즉 그것은 작가의 사상이고 인생관의 발로이다. 다른 사람의 눈에는 생동감 넘치는 실존으로 보일 수 있지만, 작가는 그것을 허무와 죽음으로 바라본 것이다. 그 탱고 춤이 원래 화려함과 관능을 전달하고자 했는지, 허무와 쓸쓸함을 표현한 것인지는 문제가 되지 않는다. 중요한 것은 작가가 그것을 바라보는 시선과 관점이다.

이러한 관점은 뒤의 작품 「투우」에서 다음과 같은 아포리즘으로 드러난다.

파괴적인 욕망은 사랑의 다른 얼굴이다.
관능과 죽음은 참으로 등배지간이다.
죽음보다 확실한 생의 체감體感이 어디 있겠는가.

'사랑/파괴, 관능/죽음, 생生/사死'는 등배지간이라고 말한다. 둘은 하나라는 말이다. 중요한 것은 이러한 관점이 논리적으로 합당한지의 문제가 아니다. 사랑에서 파괴를, 관능에서 허무와 쓸쓸함을, 생에서 죽음을 발견하고 체감하는 작가의 사유 태도다. 이는 여기서만 발견할 수 있는 것이 아니다. 작품 곳곳에서 이 같은 관점과 세계 인식 방법이 반복된다. 그러므로 이는 수필가 맹난자가 지향하는 그만의 사상이고 철학이라 할 수 있다. 그의 수필은 이러한 철학적인 관점을 마음껏 펼치는 자유로운 뜰이다. 이것이 불교철학에 근거한다는 점은 그리 중요하지 않다. 이러한 철학적 사유와 인식이 작품 속에 어떻게 수용되고 있느냐에 주목해야 한다.

4.

맹난자의 철학적 수필의 특징과 그 성과는 무엇인가? 그의 수필은 경험의 기록과 의미화, 대상의 언어적 재현, 일상과 사물에 대한 주체의 주관적 정서 표현 등 우리 수필이 오랫동안 걸어왔던 길을 답습하거나 추종하지 않는다. 경험이나 사물을 매개로 인간 존재와 인생의 본질에 관해 물음을 던지고 자기 나름의 해석과 답을 내리려고 애쓴다. 이런 점에서 철학적이다. 앞에서 지적한 대로 수필은 이러한 철학적 과제에 많은 관심을 쏟는 문학 장르다. 그런데 우리 수필이 보여준 인간 존재와 그 삶에 대한 사유가 대부분 순수하게 철학적 물음으로 집중되지 못하고 자아의 윤리적 성찰이나 반성으로 귀결되었다. 자아와 세계에 대한 철학적 성찰이 깊이를 확보하려면 세계에 대한 통찰력이 필요하다.

특히 여기에는 세계를 깊게 인식하는 데 따른, 필요한 원동력인 풍부한 지식이 뒷받침되어야 한다. 통찰력과 지식이 따르지 못하면 수필의 사유는 철학으로 나아가지 못하고 윤리적 자기 반성을 통한 페르소나의 두께만을 키울 뿐이다. 우리 수필의 주제가 착한 인간되기에 갇힌 경우가 얼마나 많았던가. 수필이 주체의 윤리적 반성문 쓰기가 되어서는 곤란하다. 하지만 맹난자의 철학적 수필은 윤리적 차원 너머를 지향한다. 이런 점에서 그의 철학적 수필 쓰기는 현재 활동하는 그 어떤 수필가도 모방하지 못하는 독특한 영역으로 자리 잡았다고 하겠다.

수필은 문학이지 철학적 담론이 아니다. 철학적 수필도 수필인 만큼 문학이어야 한다. 철학에 봉사하는 문학이 되어서는 안 된다는 뜻이다. 그렇다면 관건은 철학적 인식을 수필이란 형식을 통해 어떻게 구현할 것인가의 문제다. 철학이 존재와 세계에 관한 개념적이고 논리적인 인식이라면, 문학은 형상적 인식이다. 철학적 사유를 구체적인 형상화를 통해 구현하는 것, 이것이 철학을 수용하는 문학의 방식이다. 물론 양자의 양적 비율이나 그 섞임의 농도를 명확하게 규정하기는 어렵다. 하지만 주객이 전도되면 곤란하다. 문학이 사라지고 말기 때문이다.

따라서 철학적 수필이라고 해서 철학적 과제에 관해 논리적이고 분석적인 담론을 시종일관 펼친다면, 그것은 수필이 아니라 철학 에세이가 되고 만다. 작가의 경험에서 철학적 요소를 발견하는 글쓰기이든 철학적 주제를 구현하기 위해 구체적인 경험을 끌어오든 간에 양자는 문학이란 범주 안에서 적절하게 섞여 조화를 이루어야 한다.

가령 예를 들자면, 「내가 좋아하는 불교 문구 '只是日日一般'」이나 「종성명혜안鐘聲明慧眼의 해석」보다는 「빈 배에 가득한 달빛」이나 「뒤늦게 찾아온 이 빛깔은」 등이 철학적 수필이 지향해야 하는 바람직한 모습이다. 이런 점에서 철학적 수필은 구체적인 경험에 대한 철학적 해석이지만, 그것이 논리와 설명을 따라가는 것이 아니라 작가의 직관이나 전체적 통찰에 기댈 수밖에 없다. 따라서 아포리즘 형태가 작품에 끼어드는 경우가 흔하다.

맹난자의 수필은 철학적이기 때문에 사변적이고 관념적 요소가 다른 작가의 작품에 비해 두드러진다. 하지만 철학적 담론 형식으로 넘어가지 않고 문학적 담론으로서 제자리를 지키는 것은 그 철학적 사유가 구체적인 경험과 자연스럽게 결합하고 있기 때문이다. 이것이 맹난자의 철학적 수필이 지니는 장점이다.

맹난자 수필이 철학적 물음에 다가가는 방법은 '성찰'이다. 자기 일을 반성하고 깊이 살피는 것이 '성찰'이란 말의 일반적 의미다. 사유가 동작하는 어느 때 어느 상황에서나 이러한 성찰은 이루어지므로 이를 하나의 특별한 방법이라고 보기가 어렵다. 그런데 데카르트는 학문이나 철학이 그 본질적 원리를 확립하려면 일체의 것을 제거하고 최초의 토대에서 출발해야 하는데 여기에 필요한 것이 철저하게 회의하는 일이라고 했다. 즉 일련의 회의 과정을 성찰이라고 했던 것이다. 이렇듯이 철학적 물음에 다가가는 성찰은 단순한 지각적이고 내향적인 사유를 뛰어넘는다.

> 성찰적 자아I는 자연적 자아me를 인식론적으로 포괄한다. 환언하자면 성찰적 자아는 자연적 자아가 자신의 대상과 인식론적 관계를 맺는 과정 그 자체(〈자아-대상〉)를 새로운 대상으로 포괄함으로써 〈자아 〈자아-대상〉〉이라는 메타적 관계를 창출한다. 이로 인하여 성찰적 행위는 '시선에 대한 시선'이거나 '재현에 재현'이거나 '성찰에 대한 성찰'이거나 '판단에 대한 판단'과 같은 반복적이고 재귀적 구조를 갖게 된다.
>
> — 김홍중, 『마음의 사회학』(문학동네, 2009년), 258쪽.

성찰은 대상을 자연적 시선으로 사유하거나 자기 탐색을 위한 내향적 시선이 아니다. 바라보는 것을 바라보는 메타적 시선이 성찰의 기본 체계다. 그것은 주체적 자아가 대상화된 자아를 반성적 시선으로 포괄하는 구조이다. 이때 "주체는 현실적 자아가 아니라 의식적이고 현상학적인 자아로서 물질계로부터 이탈한 하나의 순수한 시선으로 정리된다"(김홍중, 『마음의 사회학』, 문학동네, 2009년, 258쪽.).

작품 「빈 배에 가득한 달빛」을 보자. 작가는 집 벽면에 걸린 조선 중기 이정李楨의 영인본 그림 〈귀우도歸雨圖〉를 보고 있다. 그렇다고 이 글은 그림에 대한 감상과 해석이 아니다. 달빛과 빈 배가 이 작품의 핵심이다. 벽에 걸린 그림을 바라보는 일은 이 글의 출발선일 뿐이다. 작가는 느닷없이 두 가지 화소를 끌어온다. 먼저 돌아가신 어머니의 옷가지를 태우는 날 밤의 눈부신 달빛을 이야기한다. 그 다음 두보의 「추흥」 첫 번째 시로 사유가 옮아간다. 끝에 가서는 주체로 돌아와 "무형의 그 달빛은 내게 있어 충분히 의미 있는 그 이상의 무엇이 되었으며, 언제인가부터 나도 제 혼자서 차오르는 달처럼 내 안에서 만월을 이룩하고 싶었다. / 저 무욕대비無慾大悲의 만월을"이라고 끝맺는다. 이처럼 맹난자의 철학적 사유로서 성찰은 단지 감성으로 모이는 내향적 시선이 아니라 메타적 시선이 몇 겹으로 겹치는 구조를 취한다. 이처럼 그의 수필이 철학적 성찰을 지향한다는 점은 이러한 언술 구조에서도 분명히 확인된다.

5.

수필은 개인의 경험을 토대로 세상을 이해하고 해석하는 글쓰기다. 주관적 내면으로 쏠리는 수필이 철학을 지향한다고 해서 그것이 존재와 세계의 궁극을 점령할 수 없는 것은 뻔한 일이다. 그렇다면 수필의 철학성을 목말라 하는 이유는 무엇인가. 인류의 지성사가 시작되면서 축적되었던 형이상학적인 철학 담론은 생산에 재생산을 거듭했으나 그것이 현실 문제를 해결하는 데 온전히 실효성을 거두었다고 보기 어렵다. 그것은 사변적인 관념과 이념의 영역이기 때문이다. 즉 처음부터 형이상학을 지향하기 때문에 현실적 효용성과 관계없이 그 자체는 그대로 우리의 욕망일 뿐이다.

> 형이상학적 욕망은 복귀를 열망하는 것이 아니다. 왜냐하면 그것은 우리가 태어나지 않은 땅에 대한 욕망이기 때문이다. 그 땅은 온갖 자연에 낯설다. 우리의 조국인 적이 없었던 곳이며, 우리가 결코 옮겨가지 못할 곳이다. 형이상학적 욕망은 이전의 혈족 관계에 의존하지 않는다. 그것은 만족될 수 없는 욕망이다. (중략) 형이상학적 욕망은 다른 지향을 가진다. 형이상학적 욕망은 그것을 단순히 보충해서 완성할 수 있는 모든 것들의 너머를 욕망한다. 형이상학적 욕망은 선함과도 같다. 형이상학적 욕망에서 욕망된 것은 그 욕망을 채우지 못하고, 그것을 깊어지게 할 따름이다.
>
> — 에마뉘엘 레비나스, 김도형 외 옮김,
> 『전체성과 무한』(그린비, 2018년), 27~28쪽.

형이상학은 언제나 완결되지 않은 상황에 놓여 있기에 지금을 넘어서 다른 미지의 세계로 확산하려는 무한한 욕망을 지닌다. 철학이 궁극의 원리에 도달하기를 욕망하지만, 그것은 채워지거나 완성될 수 없는 것이다. 오직 여기에는 새로운 영역을 동경하고 현재를 탈출하려는 힘이 작동할 따름이다. 수필은 실제의 현실과 경험을 기록하는 데서 출발한다. 물론 형이상학적인 해석이 덧붙여진다. 하지만 수필쓰기는 원초적으로 삶의 일차적인 몸의 이야기다. 그래서 수필은 개인적이고, 보편에서 멀리 떨어져 있다. 수필의 철학과 사상의 결핍을 안타까워하는 것도 이러한 보편에 대한 갈증 때문이다.

철학적 수필에 무게를 두고 이루어졌던 맹난자의 수필쓰기는 단연히 형이상학적 욕망의 영향권 안에 놓인다. 이러한 욕망은 한자리에 머물게 하지 않는다. 맹난자 수필적 에너지가 새로운 영토를 개척하면서 자신을 확장해갔다. 세계 문호들의 묘지 탐사를 통해 철학적 사유를 확장해간 것이 대표적인 사례다. 여기에 엄청난 열정을 쏟았던 것은 그가 누구보다도 형이상학적 욕망이 강한 수필가였기 때문이다.

맹난자 수필문학의 한 부분을 차지하는 것이 현장답사기다. 국내외 문학인이나 사상가의 생가, 기념관, 묘지, 혹은 관련 공간을 찾아 현장을 보고 그곳의 분위기와 그 주인공을 연결하여 이야기를 엮어가는 방식이다. 이러한 글쓰기는 묘지기행으로 전환되어

52명의 작가 묘지 기행 수필집 『그들 앞에 서면 내 영혼에 불이 켜진다』라는 두 권의 수필집에서 절정을 이룬다. 『라데팡스의 불빛』의 제3부 '문인들의 옛 집'에는 이런 답사기에 속하는 작품 10편이 수록되어 있다.

그런데 이러한 답사 글쓰기는 어떤 목적에서 시작되었을까? 그리고 왜 그것이 묘지 기행으로 발전했을까? 문학사에서 이름과 족적을 크게 남긴 문인 대부분은 죽은 사람이다. 살아서 명성을 세상에 크게 떨친 사람도 없지 않으나 대개는 사후에 그 문학이 평가받고 명성이 수반된다. 훌륭한 문인이 남긴 글은 그 사람이 생활했던 실제 공간을 가보지 않고도 책을 통해 충분히 접하고 이해할 수 있다. 하지만 그가 살았던 삶의 흔적이 주는 생생함은 현장 답사가 아니고는 느끼기가 불가능하다.

> 나는 작가 수업을 가급적 온몸을 바쳐 맨발로 뛰면서 가까이 다가가 그들의 숨결을 직접 듣는 문학공부를 하고 싶었다. 그리고 절망의 순간도 놓치지 않고 주목하고 싶었다. 왜냐하면 그들은 범인들보다 더 많은 신경세포를 가지고 더 많이 느끼고 아파하며 문학을 위해 철철 피 흘리는 사투를 멈추지 않았기 때문이다.
>
> ―「인생은 보들레르의 한 구절을 능가하지 못한다」 중에서

답사의 중심에는 공간이 있다. 하지만 문인의 흔적을 찾아나서는 맹난자의 현장 답사나 무덤 찾기는 답사의 전형적인 형식과는 거리가 멀다. 답사한 현장 공간은 그 문인의 문학적 삶의 의미와 사상에 다가가기 위한 길목에 지나지 않는다. 답사하지 않아도 그 글은 충분히 쓸 수 있다. 그가 주목하는 것은 그 문인의 실제 삶의 흔적이 아니라 문학적 세계나 사상이다. 즉 그가 갈망하는 것은 형이상학적이고 메타적인 세계이다. 그의 철학적 수필쓰기는 이런 점에서 독보적이다. 이는 한국 수필이 경험하지 못한 새로운 시도이고 그 자체는 장점임이 틀림없다. 하지만 한편으로 맹난자 수필에서 형이상학적 욕망이 확대될수록 수필의 고유성은 조금씩 열어진다는 생각이 들기도 한다.

6.

맹난자의 수필은 어떤 특별한 규정과 해석을 쉽게 허락하지 않는다. 가까이 다가갈수록 참모습에서 멀어지고 더욱 미궁에 빠진다. 여러 평자가 그의 수필에 관해 언급하고 있으나 대부분 지엽적인 문제를 주관적 인상에 기대어 논설하는 데 그치고 만다. 그만큼 그의 수필세계 한복판에 진입하기가 어렵다는 뜻이다. 그 이유는 무엇일까? 그의 작품에 드러나는 문학적 특징이 양면성을 지닌다는 점에서 그 원인을 찾을 수 있다. 어떤 때는 한국 수필의 전통적 맥락의 한복판에 있다가, 잠시 시선을 돌리면 저 멀리 달아나 낯선 모습을 하고 우리를 당혹하게 한다. 이런 것이라고 생각을 굳히면, 그 옆에 영 딴판의 저런 것으로 놓여 있기도 한다.

그의 수필에는 전통의 계승과 해체, 중심과 변두리, 정석과 실험, 주체와 대상(세계), 재현과 표현, 서정과 서사, 정서와 지식, 감성과 이성 등 극적인 성격이 공존하고 혼재한다. 이런 까닭에 어떤 이론이나 관점도 그의 수필세계 전체를 하나의 통일된 체계로 설명하기가 편하지 않다. 그의 문학세계를 파악하려고 어떤 특정한 하나의 관점을 적용하는 순간 탄탄한 콘크리트 벽에 어설프게 못을 박을 때와 같은 난감한 지경에 이르고 만다.

이처럼 맹난자의 수필이 어떤 특정 범주에 명쾌하게 접착되지 않는다는 점은 그의 수필쓰기가 그만큼 역동적으로 전개되었음을 말해준다. 한 방향이나 한자리에 머물지 않고 다양한 주제와 형태를 끊임없이 시도한 결과이다. 인간 존재의 의미와 삶의 다양한 무늬를 이야기하는 것이 문학이다. 그런데 인간 존재와 삶은 특정한 하나의 모습으로 정리될 수 있을 만큼 단순하지 않다. 복잡하게 얽혀 종잡을 수 없는 것이 세상 일이고 인생사가 아니던가. 그 복잡함의 결을 최대한 살리는 것이 문학일 터이다.

이러한 문학이 복잡하고 유동적인 삶의 현실을 외면하고 고정된 관념이나 이데올로기로 재단하는 것은 분명 문학을 배반하는 일이다. 오랜 시간을 통해 굳어진 장르적 관습과 형식은 창작자의 개성적 방향 선택이나 실험을 위한 자기 변신을 방해한다. 일반적으로 통용되는 규율과 형식을 준수하도록 강요한다. 즉 인간 삶과 사회의 복잡성을 직시하는 작가의 시선을 단순화한다. 작가가 여기에 맞서기는 쉽지 않다. 문학을 심미성이나 기교로만 인식하는 관습이나 상식적 관점을 폐기할 수 있는 용기가, 존재와 삶의 복잡성을 언어로 구현할 수 있는 지적인 힘이 필요하기 때문이다.

한국 현대수필사에서 맹난자가 차지하는 위상은 이 지점에서 마침내 빛을 발한다. 1990년대 이후 오늘에 이르기까지 한국 수필문단을 주도했던 중진이나 원로 수필가들의 글쓰기, 그리고 이들에게 수필에 무한한 열정을 쏟도록 동기를 부여한 앞세대의 수필쓰기는 어떠했는가? 대부분은 수필의 문학성이라는 실체 없는 이상을 설정하고 그것을 향하여 글쓰기의 범위를 오므리거나 정갈한 문장과 참신한 언어 수사를 강조해왔다. 문학이란 가상의 꼭짓점을 향한 축소형 글쓰기 방식, 문학에 대한 견고한 미신, 미문주의에 토대를 둔 문장 표현의 강조 등은 우리 수필을 규격화했다. 새로운 활로를 개척하는 역동적 수필쓰기를 가로막았다. 일상의 경험을 고정된 그릇에 담아 개인적인 서정으로 치장하는 글쓰기에 안착함으로써 변화의 동력을 상실하고 말았다.

하지만 수필가 맹난자는 1990년대 후반부터 오늘에 이르기까지 이러한 우리 수필계의 한복판에 거취를 두면서도 여기에 안주하지 않았다. 고정된 창작방법을 깨고 새로운 활로를 개척하고자 노력했다. 그는 자기만의 개성적인 수필쓰기에 대한 강한 자의식을 보여주었던 몇 안 되는 수필가였다. 현재 한국 수필문학계에서 맹난자가 이룬 성과는 이런 점에서 평가되어야 마땅하다.

한국 수필은 특수한 역사적 장르다. 서구의 '에세이' 개념을 끌어와 수필을 문학의 보편적 장르로 인식하고 있지만, 우리 수필은 근대 전환기에 '개인의식'의 확대가 그 출발 동력이 되었다. 따라서 '보편성'보다는 '개별성'이 수필의 잠재적 속성이다. 내 방식으로 나만의 개성적인 집을 짓는 것이 수필쓰기의 의의이고 방향이라는 말이다. 하지만 수필이 문학의 한 장르로 정착하여 문학 사회적 관습의 통제를 받으면서 그 형식이 고정화된다. 사실적 경험의 기록, 산문으로서 짧은 길이 등은 수필의 자기 변화를 가로막는 형식적 제약이 되었다. 이런 제약은 창작의 보이지 않는 강제 규율로 작용하여 지금도 수필 창작의 원칙으로 통용된다. 여기에다 수필의 문학적 관습이나 전통 형식을 해체할 수 있는 자생력을 갖지 못한 탓에 한국 현대수필은 거의 100년 동안 붕어빵을 생산해왔다. 수필문단은 '붕어빵' 수준을 극복해야 한다는 점을 인정하면서도 그것을 비판하고 그 대안으로 새로운 창작방법을 내세울 힘을 비축하지 못했다.

새로운 변신을 도모하는 데 필요한 동력으로서 이론적 토대가 확립되지 못한 상태에서 전통과 관습은 더욱더 견고해졌다. 그런데 대부분 이러한 전통과 관습에 길들어 그 폐해를 제대로 인식하지 못한다. 견고한 관습의 벽을 넘어서기 위해서는 열정과 힘이 필요했기 때문이다. 그 열정이 수필문학에 대한 진정한 사랑이라고 한다면, 힘은 문학을 통찰하는 인문학적 지식일 것이다. 수필가 맹난자가 자기만의 수필쓰기를 실천할 수 있었던 내적 동력은 바로 이것이었다. 수필에 대한 진정한 사랑, 창작의 밑거름으로 작용한 깊고 넓은 인문학적 지식은 맹난자 수필문학의 두 축이다.

—

신재기 | 경북 의성 출생으로, 경북대학교 국어국문학과를 나와 동 대학원에서 석사과정을 마친 다음, 고려대학교에서 문학박사 학위를 취득하였다. 1990년 매일신문 신춘문예에 문학평론이 당선되었다. 평론집으로 『비평의 자의식』, 『여백과 겸손』이 있고, 산문집으로 『언어의 무늬와 빛깔』, 『침묵의 소리를 듣는다』, 『디지털시대의 문화와 글쓰기』 등이 있다. 2003년부터 대구지역에서 수필 창작교실 '대구수필문예대학'을 열어 수필창작 교육에 적극 참여하고 있으며 수필평론 활동을 활발하게 하고 있다. 제16회 대구문학상(1998년)을 받았다. 현재 경일대학교 교수로 재직하고 있다.

맹난자의 죽음의식과 수필쓰기

허만욱/ 문학평론가, 남서울대 교수

1. 맹난자와 헤테로토피아로서의 '묘지'

인간 존재의 근원적 조건인 죽음은 끊임없는 문학적 탐구의 대상이 되어왔다. 사람들이 경험하는 죽음에 대한 성찰은 주로 죽음의 현상학적인 간접적 체험에 근거하고 있다. 죽음이 초래하는 아픔은 죽음 그 자체라기보다 모든 의미있는 관계와 삶의 의미연관구조가 일시에 박탈되고 해체되는 의미상실의 고통에 있다. 곧 근원적 소외가 주는 아픔이고 고통이다. 인간의 한계상황으로서 엄연한 현실이고 인간의 최대의 관심거리이면서 모든 철학과 예술의 가장 깊은 신비적 대상인 죽음의 문제는 문학에서도 보편적 테마의 하나였다.

그런데 인생관과 세계관을 가장 평이하고 명징하게 드러낼 수 있는 수필문학에서는 정작 죽음에 대해 가급적 이야기를 하지 않으려고 했다. 오히려 죽음에 관하여 말하는 것을 터부시했다고 할 수 있다. 이는 수필문학을 자신의 감상적인 고백, 우연한 사건의 경험담, 혹은 보고 느낀 대로 쓰는 글 등으로 무책임하게 수필정신을 규정한 오랜 관습의 편차에서 비롯된 것으로 보인다. 그러나 세계와 삶에 대한 고도로 세련된 지적 통찰의 한 표현인 수필문학에서 죽음에 대한 논의가 없다는 것은 그 사상과 문학의 측면에서 분명 손실이 아닐 수 없다.

이러한 문단적 상황에서 수필가 맹난자는 죽음에 대한 탐구의 깊이와 방법의 독특성을 보여준 드문 작가로 인정받고 있다. 맹난자의 수필을 관류하는 커다란 특징은 죽음의식이다.[1] 수필문단에서 죽음이 이렇듯 한 작가에 의해 집중적이고 개성적인 방식으로 다루어진 예는 그리 흔하지 않다. 저자의 전기적 삶이나 심리적 요인과 밀접한 관련성을 보이는 죽음에 대한 기록은 자신을 성찰하는 도구로 기능하고 있으며, 존재를 둘러싼 세계에 대한 사고의 폭을 확장하고 이러한 완성을 지향하는 지적 여정을 표상화한다. 이런 측면에서 맹난자의 수필은 다른 수필들과 확연히 구별되는 변별성을 갖는다.

'영혼의 순례, 52명의 작가 묘지기행'이라는 부제가 붙은 이 수

1) 1996년 계간 『수필공원』을 통해 등단한 맹난자는 그 첫해에 발간한 『빈 배에 가득한 달빛』(1996)에서 이미 불교적 생사관을 선보인 데 이어, 『남산이 북산을 보며 웃네』(1998)의 자료를 모으기 시작하면서 더욱 죽음에 대한 관심이 고조된 것으로 보인다. 이후 그 개정판인 『삶을 원하거든 죽음을 기억하라』(2002)와, 『사유의 뜰』(2001), 『인생은 아름다워라』(2004), 『라데팡스의 불빛』(2007), 『주역에게 길을 묻다』(2012), 『그들 앞에 서면 내 영혼에 불이 켜진다』 1·2권(2012), 『나 이대로 좋다』(2013), 『본래 그 자리』(2015), 『시간의 강가에서』(2018) 등에 이르는 수필 창작의 전반에서 저자는 '죽음이란 무엇인가'라는 명제에 대해 스스로가 답을 찾아간 과정과 사색, 배움과 성찰을 지속적으로 서술하고 있다.

필집은 우리나라는 물론, 미국, 영국, 독일, 프랑스, 러시아, 그리스, 일본, 중국 등을 넘나들며 찾아나섰던 시인, 소설가, 극작가, 수필가 등 동·서양의 대문호 52인에 대한 묘지기행을 담고 있다. "그들의 생애는 온몸을 도구로 삼은 예술가로서의 처절한 한판 결투였다. '아름다움'에 바쳐진 순교에 다름 아니었다"[2]는 선언과 같이, 저자가 그들의 고통과 가난, 사랑과 문학 등의 자취를 더듬어 가는 길은 쉼이 없는 길고 오랜 노정의 순례였다.

문학작품이 작가의 삶에 총체적으로 기반을 둔 무의식 혹은 의식적 활동의 산물이라 할 때, 작품에 내재된 세계는 작가의 삶에 대한 인식과 태도를 의미한다. 더욱이 현장 기행을 통해 깨닫는 그들의 삶과 문학적 진실에 대한 성스러운 감읍感泣과 진지한 자기 성찰은 작가들의 공간을 여행한 전말의 기록이자 작가들에게 바치는 헌사였다. 그리고 이것이 인간 존재의 사상과 삶에 대한 엄숙한 순례였음을 확인하는 순간, 우리는 맹난자를 '영혼에 불을 켜는' 순례자로 부르는 것에 주저하지 않을 것이다.

맹난자는 작품의 무대가 되었던 장소는 물론 작가가 잠든 묘지에까지 이르는 순례를 통해 그들 영혼과 교감하거나 대화를 나눈 체험을 속속들이 보여주고 있다. 그런데 묘지란 다름 아닌 죽음의 장소다. 현실에서 배제되어 밖으로 밀려난 이질적인 곳이며, 구원받지 못한 채 거절당한 자들의 공간이다. 그러나 맹난자에게 묘지

2) 맹난자, 『그들 앞에 서면 내 영혼에 불이 켜진다』 1·2권, 수필과비평사, 2012년, 「책머리에」에서.

는 '현실에 존재하는 다른 장소의 유토피아'를 의미한다. 푸코 식으로 말하면 헤테로토피아Heterotopia[3]의 전형적인 공간이었다.

고등학교 2학년 때였다. 미8군에서 주는 약을 한 주먹씩 먹으면서 미아리 공동묘지에 누운 동생의 무덤을 어머니 모르게 찾아다녔다. 허난설헌의 「곡자哭子」를 그 애에게 읽어주며 오누이의 정을 다지기도 했다. 아무에게도 방해 받지 않는 사자死者의 공간. 그곳에 가면 이상하게 마음이 편안했다.[4]

고통에 동참함으로써 정화淨化되는 영혼의 의식儀式. 유난히 생의 굴절이 많았던 작가들의 무덤 앞에 서면 어느새 내 영혼에도 불이 켜진다. 문학과 인생에 대해 생각해볼 수 있는 더없는 장소가 아닐까 생각한다.[5]

---

3) 헤테로토피아는 '다른'을 뜻하는 'heteros'와 '장소'를 뜻하는 'topos'를 합쳐 만든 신조어로, 푸코가 '유토피아'에 대비시켜 쓴 용어다. 푸코는 근대사회의 이상적 모델인 유토피아처럼, 실재하는 모든 장소들에 깊숙이 관계하지만 유토피아적 배치원리로부터 위배되는 장소를 헤테로토피아라고 지칭한다. 유토피아가 실제 장소를 갖지 않고 관념적으로만 제시될 수 있는 공간인 것과 달리, 헤테로토피아는 실질적인 장소로서 이 사회 속에서 발견할 수 있는 현실화된 공간이다. 즉 유토피아가 실재하지 않는 비현실적 공간을 가리킨다면, 헤테로토피아는 어디에든 존재하는 '실현된 유토피아'라는 것이다. 다락방 한가운데 세워진 인디언 텐트, 극장, 정원, 박물관이나 도서관 등이 그것이며, 푸코는 여기에 오래된 도시 안의 묘지를 추가한다. 이러한 헤테로토피아의 본질은 다른 모든 장소들에 이의를 제기하고 그것들을 전도시키는 데 있다. 실제로 위치를 한정할 수 있지만 모든 장소의 바깥에 있는 장소인 것이다.(미셸 푸코 지음, 이상길 옮김, 『헤테로토피아』, 문학과지성사, 2014, pp.11~26)

4) 맹난자, 『그들 앞에 서면 내 영혼에 불이 켜진다』 1·2권, 「책머리에」에서.

5) 맹난자, 『그들 앞에 서면 내 영혼에 불이 켜진다』 1권, p.75.

> 그러나 내게 영혼의 깊이를 더해준 작가 시인들의 무덤은 내게는 성지나 다름없다고 생각된다. 그들이 남긴 불꽃 같은 정신을 찾는 내게 그들이 묻혀 있는 유택은 또 하나의 생명을 창조하는 진흙이나 다름없었다.[6)]

이처럼 저자에게 묘지는 추상적이고 실체가 없는 유토피아가 아니라, 현실에서 체험할 수 있는 헤테로토피아였다. 푸코에 의하면 이 공간에서 개인은 국가, 민족, 이성, 사회에 귀속되지 않으며 자신을 지배하는 사회와 다른 저항과 창조적인 발상이 가능하다. 바로 맹난자에게 이 묘지라는 공간은 "이상하게 마음이 편안"하고 "문학과 인생에 대해 생각해볼 수 있는 더없는 장소"로서 "또 하나의 생명을 창조하는 진흙"처럼 삶의 에너지를 전달하는 원천으로 작용하는 곳이다.

죽음은 개인으로 보면 지극히 사적인 것으로 주관적이다. 하지만 동시에 죽음이라는 것이 누구에게나 적용되는 인류 보편의 문제라는 점에서는 매우 객관적이기도 하다. 저자는 죽음 쪽에서 인생을 바라봄으로써 오히려 편안함과 삶의 오의奧義를 느끼는 것이다.

---

6) 맹난자, 『그들 앞에 서면 내 영혼에 불이 켜진다』 1권, p. 253.

2. 삶의 추동, '죽음'에 대한 이해와 성찰의 요청

맹난자는 죽음의 문제를 개인적 모티프로 하여 동서고금의 작가 52인에 대한 생애와 그들의 대표작을 콜라주[7] 형식에 유기적으로 담아냄으로써 흡사 작가론과 같은 평전으로 재구성해 놓았다. 여기에 그들 생애의 이랑과 굴곡을 따라 예민하게 벼려놓은 저자의 죽음의식은 그들이 비교적 우리에게 익숙한 작가임에도 불구하고 매우 낯설면서도 강렬한 공명으로 그들을 소환하게 한다. 때로는 볼품없고 때로는 비루하기까지 한 작가의 내면이 어떻게 그 위대한 작품을 생산하는 상상력의 원천으로 작동하고 있는지를 읽어낸 저자의 격조 있는 안티테제에서 비롯된 결과다.

마약과 환각, 동성애와 매독, 방종과 퇴폐, 발광發狂과 자살이라는 작가들의 삶과 죽음, 유한한 존재와 무한한 세계, 비본래적인 것과 본래적인 것 등이 대립하고 상극하는 이들 사이에서 인간이 마주하는 이러한 모순이야말로 진리의 한 형식임을 깨달으며 맹난자는 여기에서 삶의 추동을 감각한다.

> 과거를 회상하는 것은 때로 가슴 아프다. 그러나 살아 있다는 것이 무엇인가. 타인의 고통을 통해 아픔을 넘어서려는 극

---

7) 문학에서 콜라주 기법이란 편지나 일기, 공문서, 메모 등이 1차 자료로서의 형식을 그대로 유지하면서 첨부되거나 병치되는 것을 말하는데, 흔히 주제의식 강화를 위해 활용된다. 마찬가지로 『그들 앞에 서면 내 영혼에 불이 켜진다』에서도 작가들의 일기, 시, 작품 명구, 편지, 묘비명, 노랫말, 인터뷰, 그리고 성구聖句 등이 텍스트 속에 재편집되면서 작가와 그들 작품의 내면을 더 깊숙이 들여다보는 데 효과적으로 기여하고 있다. 이는 원 텍스트에 대한 단순한 감상의 차원이나 주관적 재해석의 변용을 방지하고자 하는 저자의 의미론적 차원의 행위로 이해된다.

복의 의지. 과거로의 내 여행기인 이 책에도 그런 뜻이 포함되어 있다.[8)]

그래서 맹난자의 발길은 작가들의 마지막 장소였던 정신병원이나 스스로가 불행한 삶을 끝낸 장소, 또는 그들이 잠들어 있는 묘지를 찾는다. 관능적 쾌락에 탐닉하며 추악미를 예찬한 보들레르가 어머니 품에 안겨 눈을 감은 개선문 왼쪽 돔가 1번지의 정신병원, 안질로 고생하며 편두통, 불면증, 현기증 등 신경성 매독에서 비롯된 정신착란으로 모파상이 1년 반 동안 갇혀 있다가 숨을 거둔 팟시 지구의 정신병원, 천성이 나약하여 실의와 불안에 시달리며 동성애의 추문과 빈궁한 생활에 고통받던 베를렌느가 죽어나간 데카르트가 37번지의 자택, 동성애의 집착과 함께 어린애다운 순진함에 때로 방약무인한 오만함이나 부주의한 경솔함으로 자신의 운명을 전락시킨 오스카 와일드의 묘지, 음주벽에 불손하고 방종한 성격이었지만 어린 신부의 죽음에 오열하며 시 「애너벨리」를 썼던 에드거 앨런 포의 작은 오두막, 선병질腺病質이고 심약한 데다 러시아 정교도로서의 종교적인 자각과 작가로서의 괴리 상태에서 고뇌하던 고골의 시신이 안치된 보노제비치 수도원, 간질이 발작할 때마다 죽음의 상태를 수없이 반복해야 했던 도스토예프스키의 묘지가 있는 알렉산드르 네프스키 수도원, 가와바타

8) 맹난자, 『그들 앞에 서면 내 영혼에 불이 켜진다』 1권, p. 256.

야스나리가 가스 호스를 물고 자살한 가마쿠라의 마리나맨션, 다자이 오사무가 뛰어내린 미타가의 다마카와 상류, 닛본도로 할복자살한 미시마 유키오의 무덤 등을 찾아다니며 그들의 치열했던 사유의 흔적과 마주하고 고통과 죽음의 의미를 되새긴다.

그러면서 맹난자는 간혹 선善과 정면으로 배치되는 그들의 정신적·육체적 결함을 문학에 대한 열정 혹은 존중할 만한 천재성에 결부된 외향성으로 읽어냄으로써 이른바 작가는 작품으로 죽음을 넘어선다는 핵심 테제를 전달한다. 때로는 담담하게, 아니 오히려 적극적으로 죽음을 수용하며 삶을 완전히 소진시키려는 듯 죽음의 순간까지도 가장 예술적이고 가장 완벽한 작품을 남기고자 했던 거장들의 치열한 삶의 양상을 통해 인생에 대한 진정한 의미와 깊은 명상을 깨닫는 것이다. 죽음을 이야기하지만, 역설적으로 그 안에는 인간의 본래성과 삶에 대한 사랑이 있다.

> 나는 그들의 절망으로 그동안 내 슬픔을 치유하면서 인생을 쓰다듬는 버릇을 키워온 셈이다. 어떠한 삶도 인생에는 가능하며 인간에게 일어나는 것은 어느 것이라도 이상한 일이 아니라는 것을 이해하게 했다.[9]

이와 같이 죽음과 관련한 의미는 역설적이게도 삶, 치유, 가능,

9) 맹난자, 『그들 앞에 서면 내 영혼에 불이 켜진다』 1권, pp.158~159.

이해 등의 단어로 대체되면서 구체성을 띤다. 맹난자에게 있어 죽음에 대한 인식은 인간의 유한성, 현재에 대한 애착, 인간과 신이 공존하는 우주와 천지에 관한 관심으로 시선을 전환시켰고, "인간에게 일어나는 것은 어느 것이라도 이상한 일이 아니라는" 한층 높은 단계의 정신적 도정에 이르게 하는 것이다.

그런데 타인의 절망으로 자신의 슬픔을 치유할 수 있는 시사점은 같은 외상을 공유했을 때 더욱 극대화된다. 동병상련을 기초로 한 공감共感에서 동일시, 카타르시스, 통찰 등의 정신적 역동을 경험하는 가운데 외상 치유가 촉진되기 때문이다. 특히 맹난자는 자신의 가족사와 겹쳐지는 아쿠타가와 류노스케의 비애에 동질화함으로써 내면에 억눌린 채 감추어져 있던 깊은 상처들과 조우한다.

> 여자의 생애 중 자녀의 참척과 남편의 외도만한 상처가 또 어디 있으랴. 포류질이던 나의 어머니는 어린 두 아들의 참척, 게다가 6·25 피란 중 다섯 살짜리 딸 하나를 거적에 싸서 내다 버려야 했다. 분방한 아버지의 외도를 안으로 삭이며 감정을 드러내지 않던 어머니가 어느 날인가부터 이상해지기 시작했던 내 어린 날을 떠올리게 했다. 여동생과 동갑인 이복동생은 쌍둥이로 입적되어 취학통지서를 받을 수 있었다. 그의 생모처럼 어머니도 말씀이 없는 분이었다. 나는 천재적인 작가로서의 아쿠타가와를 물론 좋아하지만 내 무의식은 광인의 어머니를

둔 그의 고통에 동참된 것이 아니었나 싶기도 했다.[10)]

아쿠타가와가 음독자살한 날이 맹난자의 어머니 기일인 것도 공교롭지만, "광인의 어머니를 둔 그의 고통" 또한 닮은꼴이어서 아쿠타가와의 삶과 죽음을 이해하는 순간, 맹난자는 그동안 발설하지 못했던 가족사를 털어놓을 수 있었고, "단순한 위안을 넘어 영혼을 정화시키는 씻김굿과도 같"[11)]이 자신의 아픔을 내려놓을 수 있었다. 그러나 참척이라는 변상變喪이 정신줄을 놓을 만큼 어머니에게 커다란 고통이었던 것처럼, 맹난자가 어린 나이에 목격한 동생들의 죽음과 50년도 못다 채운 어머니의 황망한 죽음으로 인한 상실감과 죄의식은 심리적 상흔으로 깊이 각인되면서 오랫동안 그녀를 죽음이라는 심연에 붙잡혀 있도록 했다. 따라서 맹난자의 의식세계에서 죽음의 문제는 내적 상처에서 비롯된 심리기제였으며, 죽음에 대한 천착은 그녀가 의식적으로 행하는 지난한 정신적 고투의 과정이자 오랜 숙제이기도 했던 것이다.

죽음은 냉혹한 굴복을 요구한다. 불멸의 염원을 표출하거나 구원의 길을 제시한다고 해서 벗어날 수 있는 상대가 아니다. 곧 죽음은 우리를 엄습하는, 극복하거나 거역할 수 없는 인간의 한계[12)]

10) 맹난자, 『그들 앞에 서면 내 영혼에 불이 켜진다』 1권, p.156.
11) 맹난자, 『본래 그 자리』, 북인, 2015, p.78.
12) 카를 야스퍼스Karl Theodor Jaspers는 이를 '한계상황Grenzsituation'이라 정의하고 죽음을 고뇌, 다툼, 부채 등과 함께 인간의 '한계상황'으로서 파악하였다. 그는 죽음 앞에서 유한한 존재임을 느끼는 체험이야말로 포괄자包括者와의 실존적인 교섭을 가능하게 하며, 자신의 실존을 직관할 수 있다고 보았다. 누구나 벗어날 수 없는 죽음의 뜻을 묻는다는 것은, 실은 어떻

로 간주되고 있다. 그러나 맹난자는 죽음이라는 사태를 회피하거나 공포의 대상으로 여기지 않는다. 오히려 죽음을 인정함으로써 삶의 사유와 형식을 예시하고 준비한다. 죽음의 의미를 묻는 작업은 결국 삶의 의미를 묻는 작업이기 때문이다. 죽음에 대해 어떤 의식을 지니고 어떤 태도를 취하느냐에 따라 죽음에 대한 이해와 해석이 달라지고 삶의 태도가 변화한다. 이에 맹난자는 정신과 육체를 잠식하는 고통 속에 죽음과 대면했던 작가들의 정신사적 편력을 추적하며, 문학이 곧 구도의 여정이었던 그들의 삶이 비로소 유한함을 벗어나고 무한한 것이 될 수 있었던 죽음의 위대한 통찰과 만난다.

그 결과 맹난자 수필에서 죽음은 일상의 육체적 죽음이 아니라, 삶을 가장 삶답게 하는 궁극적 담보로서의 의미를 지닌다. 죽음을 척도로 사유하는 훈련을 통해 세계에 대한 지각을 쇄신하고, 죽음의식을 통과함으로써 내면적 자율성을 선취하고자 하는 작가의식의 중요한 통로로 삼은 것이다. 곧 삶과 죽음의 모순적 계기를 아우르는 죽음의식이 모든 사물과 현상을 유동성과 변화 가능성 속에서 파악하게 하는 사유방식을 가져왔고, 이 상극의 관념적 요

게 살 것인가 하는 물음과 일치한다. 따라서 죽음의 사실을 자각하면 할수록 인간은 유한한 삶을 어떻게 살아갈 것인지에 대해 주체적으로 생각하게 되고, 삶이 소중하며 가치 있음을 깨닫게 된다. 즉 극복할 수 없는 '한계상황'인 죽음 앞에서 인간은 사회적 가치를 초월하는 깊이와 의미를 지닌 실존적 존재로 거듭나는 것이다. 그리고 여기에서 생물적 차원을 넘어선 생명과 죽음과의 새로운 결부가 생기며 사생관死生觀이 성립된다는 것이다. (쿠르트 잘라문 저, 정영도 역, 『카를 야스퍼스』, 지식을만드는지식, 2011)

소들은 이항대립의 논리성을 넘어 하나로 통합된다. 삶은 죽음의 과정이요, 죽음은 다시 삶의 계기일 뿐이므로 삶과 죽음은 별개의 것이 아님이다.

이처럼 맹난자 수필의 근간을 이루고 있는 죽음의식은 삶에 대한 의식을 더욱 생생하게 하는 계기가 되고 있으며, 나아가 작가의식의 핵심을 형성하면서 창작 행위의 직접적인 동인으로 작용하고 있다. 수필 발화의 중심자리에서 상반된 자질을 충돌시키고 통합하는 역설의 어법은 맹난자 수필세계를 효과적으로 표현하는 방법이었다고 할 수 있다. 특히 맹난자의 죽음에 대한 사색은 허구가 허용되지 않는 수필문학 특유의 형상사유로 진행됨으로써 더 진솔하게 죽음의 의미에 천착해 들어갈 수 있었고, 그 결과 '죽음을 쓰는 작가'라는 고유의 문학적 세계를 형성할 수 있었다. 바로 죽음에의 선구先驅였다.

3. 불교적 지성의 생사관과 그 인식론적 원점

그렇다면 맹난자가 시공을 초월해 불러낸 작가들의 문학적 고통과 순교자적 대결의식에서 발견한 죽음의 의미는 무엇일까. 이는 그들의 죽음의식이 불교적 사유와 깊은 관계가 있으며 불교의 생사관과 맥을 같이한다는 사실이다. 의식의 표층 아래를 형성하는 인간 존재의 심층은 시간과 공간의 차이에도 불구하고 비교 가능한 유사성을 보인다. 인간 정신에 의한 불이不二의 통찰을 지향하는 불교는 그 궁극을 향한 인식론적 접근과 유리될 수 없고, 작가의 작품이란 정신이 빈사의 고통을 지나 몰아인 순수개념이 되어 우주와 하나가 되기까지의 전일적 합일을 향한 인식 여정인 것과 다르지 않기 때문이다.

맹난자는 폭넓은 불교적 이론과 사유방식에 따라 그들에게 내재한 불교적 관점을 포착해내고 진단하며 동양정신과의 유사성을 발견한다. 불교적 세계관과 철학적 통찰이 논리 관계로 서사를 이루고, 그리고 이렇게 구축해놓은 아포리즘을 통해 죽음이라는 필연적 사멸성을 생명 자체의 원리로 전제하고 있는 것이다. 이러한 불교적 생사관은 맹난자 수필의 기저를 관통하는 인식론적 원점原點이기도 하다.

> 죽음은 그대가 살아 있을 때나 죽었을 때나 그대에게 관여하지 않는다. 살아 있을 때에는 그대들 생존해 있으므로, 죽었을 때에는 그대들 벌써 이 세상에 없으므로.
>
> 아무도 그 마지막 때가 되기 전에는 죽지 않는다. 그대가 남겨놓고 가는 시간은 그대가 출생하기 전의 시간과 마찬가지로 본래 그대의 것이 아니었다. 그 둘 다 그대의 것이 아니다.[13)]

13) 맹난자, 『그들 앞에 서면 내 영혼에 불이 켜진다』 1권, p. 27.

수상록『에세Essais』에서 몽테뉴가 전하는 조언이다. 그리고 맹난자는 여기에서 '무아無我'를 발견한다. 불교는 죽음이라는 것이 원래 없음을 깨달음으로써 죽음을 극복하려는 종교다. 우주에 존재하는 모든 것은 인연생기적因緣生起的 현상이고 조건이 다하면 돌아가는 무아적 존재이므로, 내가 죽는 일은 죽을 내가 없기 때문에 아예 죽음이 없다는 것이다. 그러므로 시간 또한 그것을 소유할 내가 애초부터 없기 때문에 태어나기 전이나 남겨놓고 가는 시간이나 모두 내 것이 아닌 것이 된다. 집착에서 벗어나 사물을 자유로운 관점에서 바라보는 한편, 받아들이되 집착하지 않는 몽테뉴의 초연한 삶의 자세다.

그리고 이는 "붓다께서 설한 무상無常·무아無我·고苦가 상락아정常樂我淨으로 전환된 그 열반처에 든 것이다. 죽음을 탐구하러 들어가 만난 것은 '생의 철학'이었다. 그러니 죽음 따위는 걱정할 필요가 없었다"[14]고 하는 맹난자의 메타적 성찰과 공유되면서, 16세기의 프랑스 모럴리스트의 죽음의 수사학은 불교사상이 내재한 문학적 해탈을 획득한다.

> 엔도의 말을 요약하자면 '죄와 재생再生은 동전의 양면'이며 '죄와 구원은 표리일체'며 '죄와 구원은 등을 붙이고 있는 샴쌍둥이와 같다'는 것이다. 죄 가운데 그 사람의 재생의 욕망이 숨

14) 맹난자,『시간의 강가에서』, 북인, 2018, pp. 217~218.

겨져 있다는 것을 알아차리고부터는 그는 죄조차도 우리에게 결코 무의미한 것이 아니라며 마이너스를 부정不定하기보다는 그것을 플러스로 전화轉化할 것을 권장한다.[15)]

가톨릭 신자였던 엔도 슈사쿠는 이분법적인 기독교의 경직된 사고방식에 회의를 느끼며 탈이분법적인 구도 속에서 세계를 파악하고자 했다. 이에 맹난자는 '동전의 양면', '표리일체', '등을 붙이고'의 개념과 같이, 탈이분법이 선과 악 사이에는 이분의 절대적 경계선이 있지 않다는 선악불이善惡不二의 본성으로 이해하는 것이다. 또한 우리 인생에서 맞닥뜨리게 되는 좌절, 질병, 실패와 같은 마이너스 요인을 플러스로 전화轉化하는 것을 "번뇌가 보리菩提로 전환하는 단계"[16)] 곧 번뇌즉보리煩惱卽菩提로 설명한다. 어떤 번뇌라 해도 번뇌는 본래가 공하여 실체가 없는 것이요, 깨달음의 눈으로 바라보면 번뇌도 보리의 다른 모습에 불과한 것이기 때문에 그 번뇌에 구속될 필요가 없다는 것이다.

따라서 인생의 반 이상을 병고에 시달리는 번뇌의 이중泥中에 살았어도 '나는 꽤 잘 살았다'라고 선언하는 엔도의 문학은 고통이 고통이면서 또한 고통이 아닌 번뇌즉보리의 본질을 연기론적인 역전逆轉 속에 보여주는 것이었고, 맹난자는 이를 '오늘까지의 내

15) 맹난자, 『그들 앞에 서면 내 영혼에 불이 켜진다』 1권, p. 58.
16) 맹난자, 『나 이대로 좋다』, 연암서가, 2013, p. 282.

인생에서, 쓸모없는 것은 무엇 하나 없었다'고 정의한다.

> "아무도 이곳에 온 일이 없고 아무도 여기를 떠나지 않았으며 아무런 일도 일어나지 않았다"라는 그의 메시지를 전해 받으며 나는 잠시 아득한 우주의 한 점 지구별이라는 행성에서 외롭기 그지없는 나그네가 된 기분이 들었다. 사람은 이 세상에 태어나 죽는다. 그 삶이나 죽음에 대한 이유도 모르고 시간에 의해 종당엔 사라진다. 그 뜻 모를 텅 빈 시간만이 아무것도, 아무도 대답해주지 않는 인간의 삶을 알고 있는 것일까.[17]

사무엘 베케트는 인간조건의 근원과 존재의 의미가 본질적으로 허구의 언어로는 포착될 수 없음을 보여주는 부조리극을 대표하는 극작가다. 그의 작품에서 시간과 공간은 전통극의 인과율을 거부하면서 제시되기 때문에 부조리한 양상으로 펼쳐지고, 극중 배우는 목적과 의지가 없이 행동하며, 대사에서는 언어가 해체된다. 『고도를 기다리며』는 '아무 일도 일어나지 않았다'는 첫 구절 그대로, 50년을 기다리던 고도는 끝내 오지 않았고, 결국 아무 일도 일어나지 않은 채 끝나고 만다.

맹난자의 서술처럼, "아무도 이곳에 온 일이 없고 아무도 여기를 떠나지 않았으며 아무런 일도 일어나지 않았다". 그리고 이 메

---

17) 맹난자, 『그들 앞에 서면 내 영혼에 불이 켜진다』 1권, p.267.

시지의 용의用意가 불래불거 불생불멸不來不去不生不滅, 곧 오지 않음과 가지 않음, 발생하지 않음과 소멸하지 않음이라는 불교정신과 그 맥이 상통하고 있음을 발견한다. 유무의 관점에서는 오고감이나 생멸이 없는 것이며, 시비의 관점에서는 오고가는 것도 삶도 죽음도 아닌 것이다. 불교에서의 죽음은 단절과 분리의 인식이 아닌 연속적인 삶의 이행과정으로, 윤회의 동일한 연장선상에 놓여 있다고 본다. 이러한 통시적 시간관을 기초한 생사의 이해는 삼세를 관통하는 현재의 삶의 중요성을 강조하게 되고, 마음에서 무수히 명멸하고 있는 생사심의 극복을 통해 나고 죽음이 없는 참된 삶을 살게 된다. 기다림의 행위로 대변되는 절실함, 불안, 덧없음 등은 인간 삶의 보편적 상황이기도 하다.

베케트는 이러한 기다림의 시간 속에 던져진 인간으로 하여금 무엇을 기다리느냐가 아니라 어떻게 기다려야 하는지에 대한 메시지를 전하고자 했을지 모른다. 곧 진여자성眞如自性으로서의 본래적인 나를 회복하는 일이다. 그의 예술적 감수성이 어디에서 발원했든 그가 보여주는 사고체계는 분명 불교의 사유와 일치한다.

말라르메는 일찍이 환상에 불과한 '물질세계의 헛됨'을 간파하고 시로써 자신의 가치를 확립하고 허무를 극복하고자 하였다.

절대고독한 이 시인의 순수시는 그리하여 세상의 헛됨을 덮을 수 있는 미와 예술, 그리고 지知의 전변을 위한 고행이었다

고 말할 수 있겠다.[18)]

시와 종교라는 차이에도 불구하고 말라르메의 순수시에 대한 시적 궁극은 불교의 무아無我 및 무아에 이른 정각자正覺者의 있는 그대로의 세계 수용과 비견될 수 있는 것이었다. 말라르메에게 언어는 실체로서의 지시대상을 지니고 있는 것이 아니라는 자각의 경험이 있고, 그러한 빈 언어의 발견은 그것 그대로가 무아無我와 공空으로 표현되는 원성실성圓成實性이므로 말라르메와 불교는 비교가능한 위치에 서게 되는 것이다. 맹난자가 '시로써 자신의 가치를 확립하고 허무를 극복하고자' 하는 전일적 합일을 향한 인식 여정으로 말라르메의 공空과 무無에 접근할 수 있었던 것도 이에 기인할 것이다.

특히 '환을 여의면 곧 깨달음離幻卽覺'이라는 『원각경圓覺經』의 청정한 게송처럼, 말라르메는 '환상에 불과한 물질세계의 헛됨을 간파'함으로써 그의 시를 불교적 각성의 차원으로 상승하게 한다. 인간 사유의 개념적 구성물임을 천명한 불교의 무아無我와 공空은 인간의 사유 및 존재, 그리고 이 지상까지를 그것인 그대로 자유롭게 만드는 자율의 전언이었다.

그에게 신은 사랑이요 사랑은 곧 신이었다. 그리고 이 신적

18) 맹난자, 『그들 앞에 서면 내 영혼에 불이 켜진다』 2권, p.312.

인 사랑을 그는 여성에게서 체험했던 것이다. 마지막 부분에서 말하고 있는 영원히 여성적인 것이란 파우스트의 남성적인 능동 정신이 폭주하지 않도록 그것을 균형과 조화로 꽃피우게 한 중도中道 사상으로 이해된다.[19)]

『파우스트』에는 구원을 위해 고뇌하고 방황하는 괴테의 실존적 갈등이 고스란히 드러난다. 신의 초월성과 내재성, 인간에 대한 낙관론과 비관론, 물질주의와 이상주의 등 유사하거나 혹은 대립되는 다양한 세계관들이 서로 혼재해 있을 뿐만 아니라, 괴테의 표상이라 할 수 있는 파우스트에 대한 선명한 윤곽을 그려내기도 그리 쉬운 일이 아니다. 비신학적 서술이 다분함에도 불구하고 그것을 기독교적인 세계관에서 고찰하거나, 이를 반박하는 무수한 갑론을박이 이어지는 일도 이런 연유일 것이다. 이러한 때에 맹난자는 가장 유럽적인 괴테의 문학세계를 서西이기도 하고 동東이기도 하며 서도 아니면서 동도 아닌 불교적 중도中道 사상으로 추적하고 있다.

중도 사상은 집착과 고정된 입장, 그리고 극단에 치우치지 않는다는 불교의 핵심 교의다. 예컨대 숭고한 것과 관능적인 것 사이에서 부유하는 파우스트의 영혼이 그레트헨의 사랑으로 구원이 가능하게 했던 그 형식적 틀을 중도의 절충적 사유와 감수성의 문

19) 맹난자, 『그들 앞에 서면 내 영혼에 불이 켜진다』 2권, p.67.

학적 표현으로 이해하는 것이다. 어떤 하나의 체계나 이론이나 신앙에 안주할 수 없었던 괴테의 지적 고뇌는, 옳음[正]을 위해 모든 것을 비판하되 그 어느 것도 버리지 않는 중도와 그 화두에 있어 상통하는 면이 있다. 한편 다양성과 포용의 중도 사상에 대한 단초를 보여주는 괴테 문학은 인간 영혼의 정진과 구원을 향한 통합적 치유를 가능하게 하는 토대가 됨으로써 하화중생下化衆生의 실마리도 남겨둔다.

> '흙으로 돌아간 나는 결국은 흙이 되어 없어져 아무것도 없는 공으로 화하고, 또 사람들 기억에서도 멀어져 아득하게 되고 말 것이다'라고 그의 자제문自祭文은 이어진다.
>
> 그의 사생관死生觀에 나는 전적으로 동의하는 바다. 살 만큼 살다가 죽어야 죽음을 미련쩍게 여기지 않을 것이며, 본인 스스로가 이런저런 경로를 통해 '이제 되었구나'라고 죽음을 받아들일 자세가 되었을 때 죽음이 찾아오는 것은 큰 다행이다.[20]

죽음을 순응자연의 궁극적 상태로 보고 삶에 집착하지 않는 초탈적 태도를 보여준 도연명[21]의 생사관에 전적으로 동의하는 가운

20) 맹난자, 『그들 앞에 서면 내 영혼에 불이 켜진다』 2권, p.167.
21) 도연명은 난세亂世의 세속을 벗어나 전원에 귀의하여 고궁固窮의 절개를 중시하고 자신의 분수에 만족하는 지족知足의 삶을 실천했던 시인으로서, 중국 문학사상 가장 대표적인 전원田園시인, 은일隱逸시인으로 평가받고 있다. 이에 따라 그에 관한 연구는 주로 노장사상老莊思想의 도가적인 측면에 치중되었고, 불교사상 여부에 대하여는 지속적으로 논쟁이 되어 왔다. 그러나 도연명이 생존했던 위진남북조시대는 유가儒家의 쇠퇴, 도가의 부활, 불교의 창성으로 특

데, 맹난자는 받아들일 자세가 되었을 때 죽음이 찾아오는 것을 가장 이상적인 죽음으로 상정한다. 도연명은 죽음이란 자연의 일부로 존재하다 자연의 상태로 돌아가는 회귀자연回歸自然의 과정으로서, 본래 무로부터 생겨난 인간은 이 죽음을 통해 흙으로 돌아가고 결국 아무것도 없었던 공空으로 회귀하는 것으로 인식한다.

그리고 이렇듯 무변확대無邊擴大한 성찰에 관한 선불교의 각성, 즉 '깨달음'의 체험으로써 생사에 대한 희구喜懼에서 벗어나고자 하는 것은 맹난자의 방식이다. 죽음을 두려워하는 것은 삶의 입장에서 죽음을 보기 때문이다. 요컨대 상대적 차별의 입장이다. 세상에 존재하는 모든 사물이 다른 사물과 비교되어 크고 작음 혹은 좋고 나쁨이 판단되는 것과 같이, 삶과 죽음도 상대적인 한 관점일 뿐이다. 그러므로 죽음이 인간의 소멸인 동시에, 처음에 왔던 자연으로 되돌아가는 둥근 원과 같아서 삶과 죽음이 마침내 동일한 것임을 깨닫게 될 때 비로소 마음의 위안을 느낄 수 있다고 동조한다.

게다가 그 죽음이 '이제 되었구나' 하고 받아들일 수 있을 때 찾아온다면 더욱 다행한 것이 된다. 더 능동적이고 적극적인 죽음에 대한 대응양상이라 할 수 있다. 이러한 죽음의식에는 삶과 죽음이

징지어지는 시대였기 때문에 사상적으로 매우 복합적인 양상을 보였고, 또한 유입된 불교가 지식인에게 본격적으로 수용되면서 그들은 자신들에게 익숙했던 노자와 장자의 말을 빌려다 불교 교리를 이해하려고 하였고, 대승불교의 근본사상인『반야경』의 공空은 노자의 무無와 일맥상통하는 면도 있었다. 이러한 모든 상황은 도연명이 충분히 불교의 영향을 받았을 것이라는 개연성을 시사한다.

함께 없어져 아무 변화없이 고요하거나 고요하게 되는, 번뇌와 망상의 세계를 떠난 바로 적멸寂滅의 경지가 있다. 즉 죽음을 자연적 순환구조의 양상으로 이해하는 맹난자에게 삶과 죽음은 그 경계가 해체되어 일체화를 이루고, 이러한 생사의 합일 지향은 현재와 과거 등의 이원론적 시간을 무화시켜 존재의 영원성에 도달하게 한다. 맹난자의 죽음에 대한 대긍정의 통찰은 시공을 초월하여 삶과 죽음을 화해시키고 죽음을 통해 삶의 자유와 진정성을 획득시키는 인식의 경지에 이르게 하는 것이다.

죽음은 개체의 상실이고 개별적 실존의 종언이다. 그러나 죽음은 단지 시간이 지배하는 것에만 영향을 미칠 수 있다. 모든 개별 현상의 토대이자 사물 자체인 우주 원형의 관점에서 죽음은 순환성과 영속성이 그 본질적 속성이기 때문이다. 맹난자 수필이 보여주는 생사관은 동양사상, 특히 불교철학의 죽음과 무無를 다원적이면서도 동시에 일원적으로 파악한 초논리적인 것이라고 할 수 있다. 무시무종無始無終한 시간의 흐름 안에서 죽음은 삶에 대한 또다른 발현이었다.

4. 맹난자의 수필정신과 '죽음'의 서사

맹난자 수필은 죽음의식에 관한 에세essai[22] 정신이라고 할 수

22) 에세essai는 프랑스어로 '실험'이나 '시험', '시도'를 뜻하는 말이다. 몽테뉴가 실로 다양한

있다. 많은 수필들이 일상의 단상 내지 세속잡사에 대한 수감隨感인 데 비해, 맹난자 수필은 존재와 죽음을 주요 테마로 한 실험적인 글쓰기를 본격적으로 보여준다. 작품세계에는 자연히 작가의 경험과 내적 의식이 투영될 수밖에 없다. 맹난자가 이렇듯 죽음의 문제에 천착하게 된 이유가 가족과의 사별에 의한 상실체험에서 비롯된 것임을 말하려는 것이다. 어릴 때부터 겪어야 했던 죽음에의 목격은 자신에 대한 실존적 자각을 하게 함으로써 죽음에 대한 본질적 접근을 시도하게 하였고, 죽음은 존재론적 탐구의 과정으로서 지속적인 관심 대상이 되었던 것으로 보인다.

그러므로 맹난자 수필에 내재된 죽음의식은 선험적으로 소유하고 있는 관념이 아니라, 그 상실체험에 의한 성찰과 위안의 내용이라 할 수 있다. 죽음은 삶과의 관계 속에서 그 의미가 규명되며 삶에 대한 인식과 태도를 반영하는 지표였다. 곧 죽음은 맹난자의 사유를 통해서 삶 속에 들어오게 되고, 삶을 의미 있게 만드는 매개가 된다.

또한 맹난자 수필을 통해 새로이 발견하는 것은 불교정신의 현대적 수용이다. 특히 죽음에 대한 맹난자의 철학적 사유와 방법론이 불교사상에 밀접히 관련하여 해명되고 있음을 확인할 수 있다. 불교는 죽음을 그 출발점으로 하고, 죽음을 방편으로 수행하며,

---

주제를 다루고 관찰하며 끊임없이 자신의 사유를 자유롭게 실험한 자신의 『수상록』 제목을 이에세Essais로 이름한 것은 수필쓰기가 그 의식과 의미와 구성에서 지녀야 할 실험적, 진화적, 전위적 등의 화소를 부각시키고자 한 강조점이었을 것이다.

마침내 죽음을 넘어서는 것을 목적으로 하는 종교다. 그렇기 때문에 불교에는 다른 어느 종교보다도 죽음에 대한 풍부하고 심오한 사상이 내포되어 있다. 불교에서의 죽음은 언제나 생과 사의 관련 속에서 논의되며, 생과 사가 본래 없다는 진리를 깨달을 때 인간은 비로소 나고 죽음이 없는 참된 삶을 살 수 있다는 인생의 궁극적 문제를 인식하는 것이다.

불교의 생사관은 존재의 본성에 대한 적극적인 의미를 지니는 것으로, 맹난자의 죽음의식을 형성하는 토대다. 이러한 생사관에 기초하여 맹난자는 자신과 관계하는 방식으로서의 실존적 죽음이 나의 삶에 끼치는 영향이 무엇인지, 이를 통해 획득되는 죽음에 대한 두려움의 극복과 삶의 의미가 무엇인지 등을 치열하게 모색한 구도적 삶을 보여준다. 그리하여 죽음의 불가해성, 즉 직접 경험할 수 없는 필연적인 난관에도 불구하고 맹난자는 삶 속에서 준비하고 다가가는 과정으로서 죽음을 파악한다. 삶의 의미를 소중히 받아들이고 그 의미를 찾아보는 것도 죽음과의 관계 속에서다. 불교에서 삶과 죽음이란 우주의 무수한 작용 가운데 하나이며 무한히 순환하는 것으로, 생과 사를 시작과 끝으로 보지 않고 윤회의 동일한 연장선상에 놓인 생사일여로 파악한다.

이러한 불교의 생사관은 존재에 앞서 행위를 전제함으로써, 곧 행위가 존재를 규정함으로써 존재의 무한한 변화가능성을 부여하였고, 맹난자는 자기 행위의 질적 제고의 한 방향으로 죽음에 관한 문제를 수렴하며 일체개고一切皆苦의 존재로부터 무아無我의 실상을 깨닫고자 노력을 기울이는 것이다. 그런데 맹난자의 죽음의식이 체념이나 도피, 허무의 그것이 아니라, 둥근 원의 순환관계처럼 생명의 연속성을 확보하고 있으며 삶의 확대로 체득하려는 적극적 자세를 보이는 점은 더욱 소중하다. 삶에 대한 열망이 죽음을 초월한 재생으로 나아가 그 폭을 확장하고 있는 것이다. 개체적 생멸에 집착하지 않으며 우주의 생명으로 승화하려는 맹난자의 의지다. 이때 죽음은 초극이고 해탈이며 대적정大寂定이 된다.

한편 『그들 앞에 서면 내 영혼에 불이 켜진다』에서도 선명하게 드러내지는 않지만, 불교 및 동양사상에 세계 문호들의 생사관을 대입시키는 맹난자의 시선이 도저하고 연심淵深하다. 그리고 여러 상이한 문화권에서 각각 독립적으로 형성된 그들 작품을 통해 보편적 세계인식으로서의 불교적 생사관을 발견해낸다. 불교사상과 노장사상, 그리고 동양의 음양이론 등은 그 논리적 모호성에도 불구하고 매우 매력적인 문학비평의 틀이 된다. 그것들이 노출하는 논리적 모호성이 도리어 사고의 깊이와 상상력의 탄력성을 획득하게 하는 반대급부로 작용할 수 있기 때문이다.

이를 테면 맹난자가 불교의 생사관으로써 가히 모든 작가의 생애 및 작품을 분석할 수 있었던 것과 같은 논리적 탄력성을 일컫는다. 철학이나 문학을 비교분석할 때, 흔히 서구사상의 우월성에 치중하는 편파적 태도가 있었던 것이 사실이다. 그러나 인문과학의 형이상학 세계의 구극究極은 무엇보다 객관적 공정성이 확보되어야만 진정한 가치가 있다. 불교와는 전혀 상관이 없을 것 같은 서구의 대표적 문호들 작품에서 불교사상과의 관계를 조망한 맹난자 수필은 불교적 서양문학 읽기 혹은 서양문학의 불교적 읽기에 대한 방법론을 시사하는 것이다. 아울러 그동안 부당한 취급을 받아온 동양철학의 지평을 회복시키는 일이 될 것이다. 이 책은 그러한 회복의 실천이다.

맹난자는 죽음을 대상으로 한 글쓰기를 기피하던 수필문단의 관습적인 편견에서 벗어나 죽음이라는 초월의 세계를 인식론적 차원에서 재조명하고 시도한 수필가다. 삶 자체가 죽음을 전제로 한다는 점에서, 죽음의 문제를 다루는 방식만큼이나 삶을 온전히 반영하는 도구도 없을 것이다. 죽음에 대한 주제는 삶에 못지않게 중요하며, 오히려 삶의 지향을 위한 가장 긴밀한 개념으로 존재한다고 할 수 있다.

더욱이 수필은 인생의 해석과 존재의 이해를 위해 정서와 사상을 한 데 용해시키는 삶의 문학이다. 문학으로서의 인간학으로 불리는 수필은 인간 문제에 의의를 두고 창작되어야 하는 것이다. 따라서 죽음을 통해 인간 삶의 성찰과 의미화를 구현하고 있는 맹난자의 수필작업은 수필문학의 소재적 편향을 극복하고 새로운 서사 방식의 가능성을 확장하기 위한 모색이자, 수필을 수필답게 하는 창작정신의 실현이라고 할 수 있다.

—

허만욱 | 문학박사, 문학평론가, 수필가. 주요 저서로 『다매체 융합의 시대 문학, 영화로 소통하기』, 『시각과 상상의 즐거움, 영화의 이해와 탐색』, 『문학의 이해』 등과 「변해명 수필의 미적 특성 연구」, 「백석 수필의 미적 특성 연구」, 「채만식 수필에 나타난 공간 서사와 의미 양상 연구」 외 다수의 논문이 있다. 현재 남서울대학교 교수, 월간 『한국시』 발행인, 우리문학회 회장, (사)한국동화구연지도사협회 이사 등으로 활동하고 있다.

상우尙友의 기법과 감응感應의 체험

우응순/ 고전 인문학자

전국시대 철학자 맹자가 남긴 멋진 말 중에 '상우尙友'가 있습니다. 동시대인뿐 아니라 이전 시대의 옛사람에 대해서도 시대를 거슬러 올라가 그가 남긴 책을 읽으면 그 사람과 그가 살았던 시대를 알 수 있다는 뜻이지요. '책'을 매개로 삼아서 모든 인류가 시공간을 초월하여 진솔하게 만나고 마음과 사상을 나눌 수 있는 것은 분명 멋진 일이고 문명의 축복입니다. 하지만 이 역시 책을 읽는 사람이 '책'의 행간에 담긴 의미를 짚어낼 만한 내공을 갖춰야만 가능한 일입니다. 충분히 감당할 만한 평생의 공부와 내공이 부족하다면 자신의 치기만 드러나는 것이지요. 무엇보다 저자에 대한 후학으로서의 예의가 아니고 귀중한 저서에 대한 불경이 되고 맙니다.

원고 청탁을 수락한 이후, 관여 맹난자 선생님의『주역에게 길을 묻다』를 읽고 또 읽으면서 감당할 수 없는 약속을 한 저 자신의 경솔함을 반성하게 되었습니다. 부족한 자질로 어찌 호한하여 가늠할 수도 없는 방대한 저서에 대한 글을 써보겠다고 마음먹었는지……. 지금 이 순간도 현역으로 활동하고 있는 수필 문학계의 대가에 대한 예의가 아닌 것 같아 조심스럽습니다. 제가 쓰고자 하는 이 글은 '서평'이나 '비평'이 아닙니다. 근래 두 달여 동안 선생님의 책을 저 나름대로 끙끙대며 읽어가면서 이해의 길을 뚫고, 마음에 와닿은 문장들에 밑줄을 그어 가면서 생각을 더한 소박한 '기록'일 뿐입니다.

'서평', '평론'이란 평소의 공부 내공이 깊고 정신이 맑은 사람만이 누릴 수 있는 지복일진데, 저의 경우에는 아직 준비가 부족합니다. 하물며 관여 맹난자 선생님의 저서 『주역에게 길을 묻다』에 대해 아직도 『주역』에 대한 공부가 깊지 않은 제가 무슨 말을 할 수 있겠습니까. 선생님의 정신과 수필의 세계에 가까이 가면 갈수록 저의 이 글이 췌언, 군더더기가 될 수밖에 없다는 것을 절감하고 있습니다.

저의 섣부른 오만을 자책하며 대가의 호한한 정신세계 앞에서 겸허해질 따름입니다. 저서의 무게를 감당하지 못하는 저의 얕은 공부를 고백하면서 이 글이 선생님의 명성에 흠이 될까 지금 이 순간도 두려울 뿐입니다.

1. 선생님의 세계관, 그 중심축은 『주역』이다

수필이 소재로 삼는 대상은 작으면서도 크다.
오동잎 하나를 가지고도 천하의 가을을 논할 수 있다.

『주역에게 길을 묻다』를 읽어가면서 어려움에 부딪칠 때마다 선생님의 수필집을 찾아 읽으면서 우회도로를 찾았습니다. 위의 두 문장은 선생님께서 수필집 『나 이대로 좋다』(2013년)의 '수필이란 무엇인가'에 나오는 글입니다. 저는 선생님이 '수필'에 대해 말씀한 두 문장을 대목장의 먹줄로 삼아 이 글을 써내려가고자 합니다. 그렇습니다. 1960~70년대에 학교 문학 수업시간에 '수필'은 '펜 가는 대로 마음 가는 대로 가벼운 마음으로 쓰는 글'이라고 배웠습니다. 하지만 '수필'은 결코 가볍게 쓸 수도 가볍게 읽을 수도 없는 장르입니다. 작가의 삶 전체가 실린 무게가 있지요. 웬만한 수련 과정이 받쳐주지 않는다면 일상의 삶 속에서 소재를 잡아내기도 그것을 자신의 힘으로 끌고 갈 수도 없기 때문입니다. 어림없지요. 선생님은 시와 소설과 같은 형식의 도움이 없는 '수필'이야말로 작가의 역량이 그대로 숨김없이 드러나는 장르라고 하셨는데, 저는 100퍼센트로 공감합니다. 역량이 부족하다면 단 한 줄도 써내려갈 수 없을 겁니다.

선생님은 '수필'의 소재가 '작으면서도 크다'고 했는데, 『주역에게 길을 묻다』에 실린 20편의 글들은 한 편 한 편이 그 소재가 크고도 넓었습니다. 3,000년의 시간과 동양과 서양을 넘나드는 호한한 글들을 저는 매 순간 숨이 차오름을 느끼면서 읽고 또 읽을 수밖에 없었습니다. 하긴 현재 대한민국의 인문학자 중에서 동양 고전의 절대 지존『주역』을 표제로 삼아 단독 저서를 기획하고 출간할 수 있는 분이 몇 분이나 될까요? 손꼽을 수 있는 분들이 거의 없는 형편입니다. 중국과 일본의 상황도 우리와 마찬가지인 걸로 알고 있습니다. 그만큼『주역』을 공부하고 글을 쓰는 단계에까지 이르는 것은 어렵습니다. 동양철학 중에서도『주역』은 입문 과정부터 64괘, 10익에 이르는 전 과정이 어느 하나 쉽지 않은 필생의 과업이기 때문입니다.

그런데 선생님은 1980년에『주역』의 세계에 입문한 이래로 40년 가까운 시간을『주역』 공부에 집중했고,「이야기로 읽는 주역 에세이」,「주역 산책」과 같은 글들을 계속 발표하셨습니다. 저는 선생님께서『주역에게 길을 묻다』(2012년) 이후에 출간한 수필집들을 보면서 선생님의 정신세계의 중심축에 '수시변역'의 주역적 세계관이 굳건히 자리잡고 있음을 확신할 수 있었습니다.「백비무구」,「복의 말씀」,「간위산」,「대장은 바르게 함이 이롭다」와 같이『주역』의 개념을 표제로 삼은 글뿐만이 아니었습니다. 선생님께서 수필의 본색에 대해 논할 때도, 박완서, 홍순길 선생을 기리며 쓴 글에서도 저는 선생님의 '주역'적 사고를 확신할 수 있었습니다. 그리고 『주역에게 길을 묻다』가 그 사유적 전회轉回를 보여주는 저서임을 알게 되었습니다. 감히 '체'와 '용'으로 말하자면 선생님에게 『주역』은 오동잎 한 잎의 '용'이 되기도 하고, '수시변역'하는 천하의 가을, '체'가 되기도 한다고 생각하게 되었습니다.

관여 맹난자 선생님의 문학, 그 중심에 『주역』이 있다! 이렇게 확신하게 된 저는 『주역에게 길을 묻다』를 읽으면서 선생님과 대화하고 선생님의 정신세계에 다가가려 애썼습니다. 하지만 그 길은 너무도 어렵고 힘겨웠습니다. 그래서 지금 이 글은 선생님의 방대한 저서에 대한 저의 어린 투정이기도 합니다. 물론 앞으로 이 책을 읽을 많은 분들을 위한 짧은 안내서가 되기를 바라는 속마음도 있습니다.

저는 21세기 '인류세人類世'를 사는 사피엔스의 미래가 디스토피아가 될 수밖에 없다고 봅니다. 이렇게 지독한 이기심과 탐욕의 시대가 있었던가요? 공감능력을 상실한 인류는 '인간'이 아닌 '괴물'이 되어가고 있습니다. 그래도 진화와 희망을 말하는 사람들은 '성찰'과 '영성'의 힘을 말합니다. 이 지점에서 본다면, 인류의 지혜가 응축되어 있는 『주역』과 주역적 사고는 점점 더 중요한 사유체계가 될 것 같습니다. 목마른 자가 샘물을 찾아오듯이 『주역에게 길을 묻다』를 많은 분들이 읽었고 앞으로 더욱 많은 분들이 읽게 될 것이라고 확신하는 이유이기도 합니다.

우선, 이미 짐작하셨겠지만 『주역에게 길을 묻다』는 결코 한번에 읽어낼 수 있는 책이 아닙니다. 물론 한번 읽고 다 알았다고 자신 있게 덮을 수 있는 책도 아닙니다. 책장을 넘기는 순간, 전혀 알 수 없는 암호 같은 기호들과 낯선 인물, 한시漢詩가 등장하여 같은 부분을 몇 번이나 다시 읽어야 하는 경우도 많습니다. 동양철학이나 『주역』에 입문한 분들도 어려워할 것 같습니다. 하지만 저는 깊이 있는 책은 그 만큼의 시간과 애씀이 절대적으로 필요하다고 생각합니다. 당연한 일이 아닐까요? 가벼운 책들은 쉽게 빠른 속도로 읽어버리고 덮어두면 그만입니다. 하지만 두고두고 읽으면서 질문하고 생각해야만 하는 무거운 책들도 있습니다. 이런 책들은 많은 공력을 들이고 숙성의 시간을 거쳐야만 '나의 책'이 될 수 있지요. 3,000년의 시간과 공간을 자유 비행하는 내공을 쌓지 않은 이상, 이 책 앞에서 우리는 겸허해질 수밖에 없을 것입니다.

2. 어디부터 어떻게 읽어야 할까?

— 네비게이션을 찾아서

『주역에게 길을 묻다』의 부제는 '인물로 읽는 주역'입니다. 선생님은 이 책을 20장으로 구성하고, 공자, 노자, 주자부터 라이프니츠, 융, 헤세에 이르기까지 동서양의 철학자, 문학가를 다양하게 배치하였습니다. 이 중에는 1990년 노벨문학상 수상자이지만 미처 작품을 접해보지 못한 멕시코의 시인 옥타비오 파스Octavio Paz도 있습니다.

문제는 1장 「하늘이 무슨 말을 하더냐」에서 공자의 위편삼절, 십익에 대해 말하지만 그 내용은 『주역』의 형성과정과 그 세계관 전체를 아우를 만큼 광대하고 호한하다는 겁니다. 당연히 쉽지 않지요. 변명 같지만 이 책을 접하는 저와 대부분의 독자는 동양적 사유방식에 익숙하지 않습니다. 근대화 이후 우리의 교육제도 안에서 '동양'은 낯설고 미숙한 타자가 되어버렸기 때문입니다. '동양'이 배움의 대상이 아니라 극복해야 할 타자가 되어버린 지도 200여 년, 이제 우리는 '서양'의 렌즈로 '동양'에 접근할 수밖에 없는 불구의 인식구조를 가지게 되었습니다. 비록 '방편'이긴 하지만 저는 현재 우리가 받은 교육, 사고 훈련으로는 불가피하다고도 생각합니다.

이런 이유로 저는 1장, 2장을 읽은 다음에 10장 「주역과 라이프니츠의 2진법은 동서 두 문명이 마주잡은 두 손을 상징한 : 라이프니츠와 주역」, 11장 「주역의 말은 하나의 암시이다 : 카를 융과 화풍정」으로 건너뛰어 이 부분을 먼저 읽을 것을 권합니다. 저의 경우, 10장, 11장에서 『주역』 이해의 네비게이션을 얻을 수 있었기 때문입니다. 비록 라이프니츠와 융의 철학을 제대로 공부한 적이 없지만 라이프니츠의 '단자론'과 융의 '집단무의식'을 키워드로 삼아 선생님의 글을 읽으니 『주역』이 어떤 책인지, 『주역』을 읽는다는 것이 어떤 의미인지 짐작할 수 있었습니다. 물론 어렴풋이.

선생님은 10장에서 『주역』의 형성과정을 말해주십니다. 하도와 낙서, 8괘와 68괘까지. 『주역』의 음陰과 양陽, 강强과 유柔가 라이프니츠의 2진법과 통한다고 했는데, 음과 양의 운동의 생성하는 4상四象과 8괘八卦를 부호이자 유기체적 기호로 이해하는 것은 『주역』 공부의 출발점이 됩니다. 『주역』은 일차적으로 하늘과 땅, 그리고 그 사이에서 존재하고 일상을 살아가는 인간의 상호관계를 이미지와 숫자로 사유하는 철학체계이기 때문이지요. 천·지·인, 삼재三才의 기본 구조에서 연상하고 만들어진 복희씨의 '상象' - 8괘는 다시 두 개씩 겹쳐져서 64괘를 이루는데, 저는 이런 도상적 기호학적 이해가 『주역』으로 가는 길이라고 생각하여 열심히, 천천히 여러 번 선생님의 글을 읽었습니다. 하지만 10장 안에서도 '방도'와 '원도'에 대해 말씀한 부분은 더 여러 번 읽어야 했습니다. 그 과정에서 건괘, 곤괘처럼 들어봤던 괘 이름도 있지만 대유괘, 대장괘처럼 낯선 괘 이름과 호괘, 착종괘와 같은 용어도 수시로 나오더군요. 우선 건곤부터 기제, 미제까지 64괘 이름을 순서대로 외우고 나자 책 읽기가 훨씬 수월해졌습니다.

저의 경우 『주역에게 길을 묻다』를 읽는 과정은 천천히, 차근차근이었습니다. 그리고 완독하기 위해서는 약간의 준비과정이 필요했습니다. 마라톤 선수가 출발선에 서기 전에 충분한 준비운동으로 몸을 유연하게 하듯이. 선생님의 책에서 정리한 저의 준비과정을 간략히 말씀드려 보겠습니다.

우선 8괘(소성괘)가 각각 무엇을 상징하고 어떤 형태의 기호인지를 기억하고 이해하기 위해 애썼습니다. (1) ☰ : 이 도상은 '건괘'인데, '일건천一乾天'으로 외우면 편합니다. 『주역』에서 '일건천'의 뜻은 소성괘 '건괘'는 숫자로는 1이고 '하늘'을 상징하는 기호라는 겁니다. (2) ☱ : 이 도상의 이름은 '태괘'인데, '이태택二兌澤'이라 하면 숫자로는 2에 해당하고 고여 있는 물인 '못'을 상징하는 기호가 됩니다. (3) ☲ : 이 도상은 '리괘'인데, 삼리화三離火라고 합니다. 숫자로는 3에 해당되고 위로 밝게 타오르는 '불'을 의미합니다. 64괘(대성괘)에서 '리괘'가 들어 있는 괘들은 대부분 문명, 문화의 뜻으로 풉니다. (4) ☳ : 이 도상은 '진괘'인데, '사진뢰'四震雷는 숫자로는 4이고 하늘에서 우르릉 꽝꽝 힘차게 울리는 '우레'를 상징입니다. 그럼 번개[電]는? 하늘을 밝게 비추는 번개는 빛 에너지이기 때문에 '삼리화'에 소속됩니다.

(5) ☴ : 이 세상 어디든지 부드럽게 스며드는 '바람'을 상징하는 '손괘'입니다. '오손풍五巽風'이라 하니 손괘에 해당되는 숫자는 5라는 것을 알 수 있지요. (6) ☵ : 이 도상은 '육감수六坎水'입니다. '감괘'이고 만물을 이롭게도 하지만 배를 전복시켜 생명을 위태롭게도 하는 '물'을 상징합니다. 『주역』에서 '감괘'는 '험하다[險]', '빠

졌다[陷]'는 의미로 풀이됩니다. 여기에서 '태극기'의 건곤감리가 생각날 겁니다. 그렇습니다. '태극기'는 하늘과 땅, 그리고 생명의 기원인 물과 불을 상징하는 기호로 구성되어 있습니다. 세계 국기 중에 단연 그 상징성이 우월하지요. (7) ☶ : '칠간산七艮山'으로 '간괘'이고 숫자 7에 해당되며 앞에 있으면 우선 멈춰서야 하는 '산'을 상징합니다. (8) ☷ : 8괘의 마지막, '팔곤지八坤地'의 도상입니다. '곤괘'는 숫자 8에 해당되고 만물을 싣고 키워주는 위대한 어머니 '땅'의 기호입니다.

지금 왜 이렇게 8괘를 장황하게 설명하고 있나, 의아해할지도 모르겠습니다. 하지만 저의 경우 이런 방식으로 8괘를 이해하고 나니 선생님께서 왜 『주역』을 '수數'와 '상象', 기호의 철학이라고 하는지 알 수 있었습니다. 사실 『주역에게 길을 묻다』에는 곳곳에 8괘의 의미와 풀이에 대한 설명이 나와 있어서(76쪽, 296쪽, 302쪽 등) 3장 「그 밝은 것을 어둡게 하라 : 주자와 지화명이」에 이르면 어느덧 알고 충분히 이해하게 됩니다.

다음으로 64괘의 이름을 여러 차례 읽고 외웠습니다. 상괘, 하괘, 1, 3, 5효는 양효의 자리이고 2, 4, 6효는 음효의 자리이다. 양의 자리에 양이, 음의 자리에 음의 기호가 있는 것을 정正이라 하고, 양의 자리에 음이, 음의 자리에 양의 기호가 오는 것을 부정不正이라 한다. 괘의 6효 중에서 밑에서부터 세어 2효와 5효가 중中의 자리이고 1, 3, 4, 6효는 부중不中의 자리라는 기초 지식도 도움이 되었습니다. 이런 약간의 준비운동을 거치자 다음과 같은 선생님의 글에 깊게 공명할 수 있었습니다.

> 순환은 시간이며 동시에 시간은 순환이다. 그러나 순환이 구체적 음양의 현실적 순환이라면, 시간도 구체적 존재의 현실적 변화 외에 다른 것이 아니다.
>
> 우주 만물은 천변만화함에 있어 모두 각자의 공간 위치[爻]를 잡고, 그 시간성을 영위하고 있어서 건전한 질서, 화해한 연계, 승화하는 과정이다. 이는 '주역' 우주관의 근본이라 하겠다. (193쪽)

흔히들 『주역』을 동양의 우주관·자연관의 기저가 담긴 책이라고 하는데 위의 문장처럼 그 핵심을 꼭 집어 정리한 글을 찾아보기는 힘듭니다. '순환'과 '시간'을 구별하여 말씀한 부분은 이 책을 읽는 과정에서 큰 도움이 되었습니다. 『주역』은 우주적 시간의 철학이자 내 삶의 이 순간, 이 상황을 보여주는 공간의 철학입니다. 시간의 상인相因·상극相克에 따른 무한의 파노라마가 64괘, 386개(64×6+2 : 건괘의 '용구', 곤괘의 '용육' 포함)의 효를 통해 우리 앞에 언어적 표현으로 가시화되어 있는 것이지요. 선생님께서 주역의 괘와 효에 괘사와 효사를 붙인 문왕·주공의 위대함에 여러 번 탄복하고 예찬하는 것도 바로 이런 이유입니다.

모든 사유는 언어의 영역 안에서 구체화되고 가시화될 때만 시대와 공간을 넘어 소통할 수 있으니까요. 그리고 이런 오래된 정보, 지식은 우리 삶의 일상에서 매일 매일의 '쓰임用'이 됩니다. 네, 그렇습니다. 『주역』은 바로 위대한 '실학實學'이지요. 64괘, 386효를 내 삶의 네비게이션으로 삼을 수 있는 것은 『주역』의 편찬이 경세치용經世致用을 목표로 했기 때문입니다. 내 삶과 인류의 미래를 한치 앞도 예측할 수 없는데, 그것이 어느 정도 가능하다면? 이보다 멋진 일이 또 있을까요? 더 많은 사람들이 『주역』에 관심을 갖고 상생과 소멸의 대우주적, 주역적 사고를 받아들인다면 인류의 미래는 점점 밝아질지도 모르겠습니다. 저는 이것이야말로 선생님이 『주역』을 필생의 과업으로 삼고, 『주역』으로 계속 글을 쓰는 이유 중의 하나라고 생각합니다.

동서양 두 문명권의 상호교섭을 『주역』의 음양과 라이프니츠의 2진법을 통해 이해했다면, 11장 카를 구스타프 융의 '무의식'으로 가는 것이 좋습니다. 우선 선생님께서는 영혼의 안내자 융이 감응感應의 체험을 통해 '무의식'의 세계에 입문하게 되었다고 합니다. 19세기 이성을 절대시하던 유물론의 시대에 융은 비이성(의식의 기저를 이루는 개인의 무의식과 집단의 무의식)의 세계를 받아들임으로써 인류의 심연을 성찰할 수 있게 된 것입니다.

융은 『주역』 점과 해석에도 능통했다고 하니, 존경심이 저절로 우러납니다. 지금 우리는 사주명리, 토정비결, 관상, 풍수 등 전근대 어른들의 일상적 삶에 녹아들어 있던 삶의 기술들을 무조건 미신으로 매도하고 있습니다. 저는 이런 태도야말로 '무명無明', 어리석음이라고 봅니다. '무명'은 '무지'이기도 하지요. 제대로 배운 바도 없고 깊게 생각해본 적도 없으면서 무조건 외면하고 멸시하니 얼마나 어리석은 짓입니까.

왜 우리는 각자 보고 듣는 감각으로 인식할 수 있는 것만을 받아들이고 인정할까요. 우리가 사는 세상이 이렇게 편협하고 볼품없이 된 것은 바로 이런 무지, 오만 때문입니다. 우리의 인식 능력은 사적인 이해관계에 따라 보고 싶은 것만 보고 들을 수 있게 설계되어 있습니다. 그렇지 않더라도 개인적 차이가 심하고 나이에 따라 성별에 따라 그 기능이 변모하면서 우리가 접하는 지식과 정보는 왜곡을 피할 수 없습니다. 내가 본 것만이 '사실'이고 '진실'이라고 주장하는 근시안적 사고에서 벗어나지 못한다면 개인적 삶도 인류의 미래도 더욱더 암담해질 수밖에 없을 겁니다.

사실 우리가 인식하고 안다고 확신하는 지식의 영역은 무한한 불가지不可知의 세계에 비하면 인더스 강가의 모래 한 알만큼도 되지 않습니다. 무한의 우주공간, 암흑물질 속에 지구가 푸른 점으로 떠 있으니, 그 안의 우리 삶과 앎도 미미하지요. 선생님은 15장에서 진경산수화의 대가 겸재 정선의 삶을 「먼저는 굽히나 폄을 이룬다 : 정선과 지산겸」으로 풀어주었습니다. 공을 자랑하지 않고 겸손함으로 '유종의 미'를 거둔 겸재 정선의 진솔한 삶, 우리 모두가 추구해야 할 '좋은 삶Good life'이 아닐까, 하며 감히 꿈꿔 봅니다.

부르던 부르지 않든 신은 항상 존재할 것이다. (225쪽)

이 문장이 융의 묘지문이란 것을 선생님의 책을 통해 처음 알게 되었습니다. 부끄럽지만 저의 융에 대한 지식은 대학교 3학년 때 『심리학 개론』을 통해 알게 된 에고, 아니마, 아니무스 정도의 몇 개의 용어에 한정되어 있습니다. 선생님의 책에서 '누미노제numinose(초자연적 존재에 대한 외경심)를 만나는 순간(226쪽) 『주역』 이해의 새로운 지평이 열린 듯했습니다. 저의 주변 인문학자들 중에는 『주역』으로 학위를 받은 사람들까지도 『주역』을 연구대상으로 삼을지언정, '주역 점'은 무시하고 소홀히 합니다. 여전히 미신으로 보는 근대 이성의 올가미에 갇혀 있는 것이지요. 그런데 선생님은 융의 『주역』에 대한 평가, "무의식을 의식화시키는 도구요, 수천 년 동안 사용되어진 유일무이한 지혜의 서"(228쪽)를 인용하고 주역 점의 '비인과율적인 공시성'에 대해 말씀했습니다. 저는 이 책을 읽는 분들이 이 부분에 더욱 주목해주기를 바랍니다.

갈림길에서 방황하며 점을 치게 될 때 우리는 간절하고 경건한 마음으로 50개의 시초를 나누게 됩니다. 선생님은 이 순간을 '점기占機', 나와 시간과 공간의 영적 능력이 결합되는 순간이라고 했습니다. 의식의 물음에 대응하는 무의식의 내용에 배열이 생기는 거지요. 괘가 결정되는 그 순간에 바로 점을 치는 사람의 '본질적 상황'이 드러나게 됩니다. 바로 나의 문제와 주역 점의 '암합暗合', 은밀하고 미묘한 결합입니다. 64괘 중에서 하나의 괘와 변효가 확정되는 순간, '본괘本卦'와 '지괘之卦'의 괘사와 효사를 통해 현재 사건의 진행과정을 예측할 수 있게 됩니다.

그뿐인가요? 점을 친 당사자의 주관적, 심리적 상태가 분명해지면서 앞으로의 방향, 선택의 네비게이션에 불이 켜집니다. 사통팔달의 갈림길에 서면 누구나 주저하고 두려워하게 됩니다. 이때 들어오는 불빛보다 더 귀중한 정보가 또 있을까요. 하지만 '회悔'(후회하다), '린吝'(부끄럽다)을 '무구無咎'(허물이 없다)로 방향 전환하기 위해서는 엄청난 공부, 성찰이 필요합니다. 저는 개인적으로 '주역 점'에서 '길吉'이나 '형亨'을 바라지 말고, '무구' 정도면 만족해야 한다고 생각합니다. 무탈한 일상, 무탈한 삶만큼 귀한 것이 없기 때문입니다.

선생님께서는 융이 뽑은 ䷱ '화풍정火風鼎'괘와 구이와 구삼이 변한 ䷢ '화지진火地晉'괘를 자세히 풀어주었는데, 이 부분을 2,3번 정독하는 과정에서 주역 점의 효용을 이해하게 됩니다. 그리고 천군만마를 얻은 듯 든든해질 겁니다. 『주역』 공부와 '주역 점'이 삶의 지침서가 될 수 있다는 확신을 가지게 되니까요.

10장과 11장을 통해 『주역』에 대한 이해를 다졌다면 다시 1장으로 돌아와서 순서대로 읽는 것이 좋을 듯합니다. 처음 1장, 2장을 읽을 때와는 달리 이해의 그물망 위에 선생님의 말씀을 얹어놓을 수 있는 소소한 기쁨을 맛볼 수 있으니까요. 하지만 연이어서 12장 「청년의 어리석음이 성공을 한다 : 헤세의 유리알 유희와 산수몽」, 13장 「까만 하늘, 노란 땅 수탉이 밤을 찢는다 : 옥타비오 파스의 활과 칠현금과 천지현황」으로 가셔도 좋지요. 저의 경우 12장, 13장을 읽는 과정은 지적 모험이었고, 현재의 저는 더욱 겸손해진 상태입니다. 아! 10대에 엉성하게 읽었던 헤세의 『유리알 유희』를 이런 방식으로 읽을 수도 있구나, 언제쯤이면 옥타비오 파스의 『활과 칠현금』을 읽고 마쓰오 바쇼의 하이쿠와 연결할 수 있을까? 현재의 저로서는 아득하고 기약할 수 없는 미래입니다.

선생님께서는 옥타비오 파스가 찾은 바쇼암을 50년 뒤에 오게 되었다고 하면서 '여즉인생旅則人生'을 말씀합니다. 우리 삶은 시간의 고리 안에서 여행, 떠돎의 연속이지요. 당시唐詩의 황금시대를 연 시선詩仙 이백, 시성詩聖 두보의 삶이 그랬듯이. ䷷ 화산려火山旅! 선생님의 글 곳곳에 배어 있는 절대 고독의 삶, 고단하지만 힘찼던 그 여정을 가늠해볼 때마다 '화산려'괘가 떠오릅니다. 저의 미숙한 판단일지 모르지만요. 차후에 누군가가 선생님의 삶과 문학에 대한 글을 쓰게 된다면 '화산려'괘를 키워드로 잡지 않을까, 상상하기도 했습니다.

3. 다시 1장부터!

저의 경우 다시 1장으로 돌아오는 독법을 선택했습니다. 선생님의 '상우'의 기법에는 책을 통한 깊은 대화뿐만 아니라 현지에서 옛사람[古人]의 숨결을 느끼고 그 발자취를 따라 걸었던 '감응'의 체험이 녹아 있습니다. 공자의 고향 산동성 곡부의 공묘 대성전의 제사에 참석하고, 태산에서 '자강불식', '후덕재물'의 석비를 보셨습니다. 백록동 서원에서 『주역본의』, 『역학계몽』의 저자 주자를 만나셨지요. 저는 조심스럽게 『주역』에 대한 수많은 학자들의 마구잡이식 중구난방류의 해석은 남송의 주자 선생의 손에서 가닥이 잡히고 집대성되었다고 생각합니다. 그래서일까요? 3장 「그 밝은 것을 어둡게 하라 : 주자와 지화명이」를 신중히 읽었습니다.

남명 조식 선생의 '산천재'에서 '경의敬義'의 학문세계를 밝히고, 삼척에서는 미수 허목 선생의 '척주동해비'에 숨겨진 이야기를 해주십니다. 선생님은 어느 곳에 가던 『주역』의 기호를 보고 그 내적 의미를 거침없이 해박하게 풀어내는 신기에 가까운 저력을 보여주십니다. 이런 과정을 거친 글들은 '오동잎 하나'가 '천하의 가을'이 됩니다. 동서양의 시공간을 넘나들면서 깊은 울림을 만들지요.

국문학과 출신인 제가 시간가는 줄 모르고 푹 빠져 읽었던 글들은 5장 「지극한 성실은 신명과 통한다 : 건덕을 실천한 토정 이지함」과 17장 「혹 뛰어 연못에 있으면 : 윤선도와 혹약암」입니다. 비범했던 능력을 제대로 펴지 못했던 그분들의 불우함에 마음이 끌린 걸까요? 부끄럽지만 선생님의 글을 읽기 전에는 이지함 선생의 일생에 대해 아는 것이 거의 없었습니다. 『토정비결』의 저자로만 알고 있었으니 저야말로 그분의 거죽만 본 것이지요.(109쪽) 충남 보령의 묘소를 찾아 진정한 대인의 삶에 경의를 표한 부분을 읽을 때는 저도 인사를 드리러 가야겠다고 결심했습니다. 명문가의 후예였지만 정변으로 인해 출사의 길이 막히고 나병에 걸린 딸과 함께 나환자촌에 들어가 『주역』을 연구했다니. 웬만한 사람은 감내해낼 수 없는 무게의 고통, 좌절을 이겨내고 『월영도』라는 [illegible]법까지 이루었다니. 원형이정, 건괘의 덕을 실천한 '진정한 대인'이라는 선생님의 경의에 저도 따라서 저절로 고개가 숙여졌습니다.

부끄러운 고백을 계속할 수밖에 없습니다. 국문학사에서 고산 윤선도 선생의 「오우가」 6수, 「어부사시사」 40수의 문학사적 위상은 뚜렷하고 높습니다. 2박 3일의 해남과 보길도 답사도 국문학도의 필수 코스이지요. 해남 종택 '녹우당'과 유물전시관을 거쳐 배를 타고 보길도에 도착하면 누구나 제일 먼저 부용동 '세연지洗然池'에 갑니다. 하지만 '세연지' 안에 있는 일곱 바위 중에 '혹약암或躍巖'이 있는 줄은 몰랐습니다. 더구나 윤선도 본인이 붙인 이름이라는데… 저의 눈[illegible]와 공부가 이렇게 [illegible]고 미숙하니 진전이 느린 것도 당연하다고 인정할 수밖에 없습니다.

선생님께서는 곧 물속으로 뛰어내릴 듯한 바위 사진을 보여주고 「혹약암」이라는 5언 절구시를 찾아서 윤선도의 삶을 조명하셨습니다.(354~355쪽) 선생님이 보신 대로 '혹약'은 『주역』 '건괘' 구사의 효사 '혹약재연, 무구或躍在淵, 無咎'(혹 뛰어오르거나 연못에 있으면 허물이 없다)의 '혹약'입니다. 윤선도 선생은 병자호란 이후 보길도에서 은거를 결심하셨는데, 왜 '혹약암'이 있는 걸까요? 5언 절구 한시 「혹약암」에서는 '혹약암'이 제갈량의 '와룡암'과 닮았다고 하면서 세연정 옆에 제갈량의 사당을 세우고 싶다고도 합니다. 선생님은 이 부분에서 제갈량과 윤선도의 정치적 위상을 '건괘'의 구이九二와 구사九四로 해석하셨습니다. 탄복할 만한 식견이지요. 두 사람 모두 구오九五 자리의 군주인 유비와 효종에게 깊은 신임을 받았지만 각자 처한 위치가 달랐던 것입니다. 구이九二의 제갈량은 '현룡재전 이견대인見龍在田, 利見大人', 밭에 나타난 용으로 대인을 만나는 것이 이로웠지요. 구오九五의 유비도 '비룡재천, 이견대인飛龍在天, 利見大人'으로 구이九二 자리의 현룡 제갈량을 만나 큰 뜻을 이루게 됩니다. 구이九二와 구사九四의 행복한 콜라보입니다. 하지만 구사九四의 윤선도는 음의 자리에 있는 양으로 '부중부정不中不正'의 처지입니다. 용덕을 지닌 인재이지만 구오九五의 대인 효종을 만나 뜻을 이룰 수 없지요.

윤선도 선생이 세연정의 바위 이름을 '혹약암'이라 부른 것은 출세욕이 아니라 은거할 수밖에 없는 자신의 처신을 말한 것입니다. '혹연'은 '재연'의 다른 표현이지요. 언젠가 '뛰어오르기'를 기대하며 자신을 제갈량에 견준 것은 현룡 제갈량과 비룡 유비의 '수

어지교水魚之交'에 대한 부러움과 자신의 상황에 대한 깊은 안타까움입니다. 선생님께서는 '혹약암' 앞에서 천하를 경륜할 만한 능력을 갖추고 있었지만 뜻을 펼 수 없었던 윤선도 선생을 생각하며 가슴 한끝이 저려왔다고 하십니다. 저는 '세연정' 앞에서도 '혹약암'을 보지 못했던 저의 무지가 부끄럽고, 선생님의 깊은 공감, 감응 능력에 탄복할 따름입니다.

4. 수필의 품격을 만나다

수필은 인간이 사유할 수 있는 모든 것을 다룰 수 있다. 그러나 존재론적인 주제의식이 있어야 한다.

불역유행不易流行.

바뀔 수 없는 불역의 도이거나 예술의 본질은 중심축으로 놔두고 표현방식은 시대에 따라 유행하면서 늘 새롭게 바뀌어야[變易] 하지 않을까.

수필에 있어서 글감에 대한 작가의 해석과 변주 능력이야말로 작품의 성패를 가름하는 척도가 될 것이다.

선생님의 「수필을 말한다」에서 가져온 글입니다. 마지막까지 선생님의 글을 먹줄로 삼아 나아가겠습니다.

근래에 자기표현 방식의 하나로 이런저런 '글쓰기'가 크게 행하면서 깊이 있는 글, 수필을 만나기가 더 어려워졌습니다. 양적 팽창이 질적 수준을 담보하지는 않는 모양입니다. '불역'과 '변역'의 글쓰기를 말씀하고 그렇게 글을 쓰는 선생님에게서 21세기 수필의 '품격'을 봅니다. 대부분의 젊은 작가들은 현기증이 날 정도로 어려운 서양철학의 개념어를 마구 나열하며 글을 쓰고 있습니다. 하지만 그들의 번역투 문장은 맥락이 통하지 않기 일쑤여서 읽다 보면 금방 피로감이 몰려옵니다. 무엇을 말하고자 하는가, 핵심 주제를 찾기도 어렵지요. 노년층은 100세 시대의 인생황금기는 60대부터 75세까지라고 하면서 자신의 경험을 자랑조의 성공담으로 분식한 글들을 씁니다. 하지만 모두 천편일률적인 자기자랑으로 지루할 뿐입니다. 이런 식의 글쓰기가 언제까지 범람할지는 알 수 없지요. 하지만 중심축, 단단한 주제의식과 나만의 독창적인 표현방식이 없다면 나무에게 미안한 노릇이 될 뿐입니다. 마지막 문장이 너무 거칠어졌지만, 선생님의 수필론에는 이런 결기가 있다고 생각하기에 이런 표현을 선택했습니다.

지금은 글쓰기, 수필의 품격을 논해야 할 때입니다. 우리 모두는 미숙한 자신의 껍질을 벗고 좀 더 나은 '나의 모습'으로 변화하기를 바라고, 가족과 이웃, 친구들과 소통, 감응하는 소박하지만 편안한 삶을 원합니다. 이 과정에서 자신의 내면을 성찰하는 데 주력하는 '수필'의 중차대함이 있습니다. 『주역』의 괘로 보면 ䷂

‘수뢰둔’괘의 어지러움, 미숙함에서 벗어나 ䷉ ‘수신’을 권하는 ‘덕’의 기반인 ‘천택리’괘, ䷊ 소통과 편안함의 ‘지천태’괘로 나아가야겠지요. 그 여정에서 선생님의 『주역에게 길을 묻다』가 큰 힘이 되어줄 것이라 확신합니다.

덧글 : 오독을 걱정하면서 어쭙잖은 글을 쓰고 그 뒤에 덧글을 붙여도 되나 망설여집니다. 저는 맹난자 선생님을 뵌 적도 없고 학연, 지연으로도 연결되지 않는 것 같습니다. 원고 청탁을 받은 이후에 『주역에게 길을 묻다』와 수필집을 찾아 읽으면서 선생님과 감응할 수 있는 수준이 되기를 바랄 뿐입니다.

다만 1장을 펴자마자 나오는 ‘박약회博約會’는 저의 아버님과 같은 은사님 석헌 정규복 선생님을 통해서 20대부터 알고 있었습니다. 선생님께서는 ‘박약회’ 분들을 좋아하셨고, 그분들과의 만남을 귀하게 여기셨습니다. 『구운몽』 연구의 대가이셨지만 60대 이후에는 수필의 매력에 심취하셔서 새로 쓴 글들을 읽어보라고 보내주기도 했습니다.

맹난자 선생님께서 정규복 선생님과 교유가 있으시겠구나, 짐작했는데, 김구용 선생님을 추모하는 글 「아! 그 사람도 갔군」에서 정규복 선생님의 함자를 보는 순간 저도 모르게 깊은 그리움의 눈물을 흘리게 되었습니다. 선생님께 부끄럽지 않은 제자가 되어야겠다고 매일 아침 다짐하지만 갈수록 자신이 없어져서 송구할 때

릅입니다.

—

우응순 | 고려대학교 문과대학 국어국문학과를 졸업하고 동대학원에서 석사와 박사학위를 받았다. 석사 논문은 『권호문의 문학론 연구』 (1984년), 박사 논문은 『조선 중기 사대가의 문학론 연구』(1990년)이다. 대학에서 국문학사, 국문학 연구방법론 등을 강의했으며 고려대학교 민족문화연구원 연구교수, 문화학교 교장을 지냈다. 2013년부터 학술공동체 '남산강학원', '감이당'에서 『사기』, 『주역』 등의 동양고전을 강의하고 다양한 세미나에 참석했다. 현재 '문탁 네트워크', '규문'에서 『시경』, 『장자』 강좌를 진행하고 있다. 2018년부터 충무로에 있는 '인문학당 상우'의 대표로 『주역』, 『서경』 강좌와 인문학 세미나를 진행 중이다. 번역서로 『국역 곡운공 기행록』, 『역주 매천야록』(공역) 등이 있으며 저서로 『친절한 강의 대학』, 『친절한 강의 중용』 등이 있다. 『낭송 주역』, 『낭송 논어』, 『낭송 천자문』 등의 동양고전을 감수했다.

■『나 이대로 좋다』

자크 라캉의 정신분석과 불교사상

송마나/ 수필가

"바람 부는 언덕에 선 채, 나 이대로 좋다."

맹난자 수필집『나 이대로 좋다』를 읽으면, 이 노래가 하루 아침에 이루어진 것이 아니라 일흔두 해 동안 고통을 견디며 삶을 해탈한 자의 오도송悟道頌인 것을 알 수 있다.

맹난자 수필집의 작품들 속에 깃들어 있는 것은 '죽음'이다. 그럴 수밖에 없는 것이 그는 열 살도 안 된 어린 시절에 여동생의 시신을 보았고, 남동생과 어머니의 황망한 죽음을 맞아야 했다. 그녀의 삶 역시 죽을 만큼 고난스러웠고 고독했다. 어찌 죽음에 관하여 깊이 사색하지 않을 수 있었겠는가? 죽음에 따른 고통과 사색을 글로 토해내지 않으면 견딜 수 없었으리라. 그녀의 문학은 이렇게 '죽음이란 무엇인가?'라는 철학적 사유의 돛을 펼치며 사바고의 바다를 항해했다.

선재동자가 52 선지식을 찾아다녔듯 맹난자는 동서고금의 유명한 작가들이 숨진 장소와 묘지를 찾아나섰다. 그곳에서 그는 죽음을 승화하여 황홀한 불꽃을 피운 작가들의 예술혼과 교감하며, 죽음이 더는 타자의 것이 아니라 자신과도 함께하고 있음을 깨달았다. 그 깨달음을 '영혼의 순례, 52명의 작가 묘지 기행'인 『그들 앞에 서면 내 영혼에 불이 켜진다』에 담았다.

그는 한편 『주역周易』의 문을 두드려 괴로움을 이겨내는 지혜를 구하고자 했다. 그러나 주역이 어디 사람이 살아가는 행동규범과 윤리만을 알려주는 책이던가. 오랜 세월 동안 주역의 길을 올곧게 걸어온 그 앞에 하늘의 이치와 땅의 섭리가 펼쳐졌다. 심안心眼이 열려 우주와 삼라만상이 음양의 변화로 한순간도 멈춤 없이 순환하는 만법의 도道를 터득하게 된 것이다. 그는 이 도의 세계를 자신 안에 가두지 않고 천화동인天火同人의 마음으로 '인물로 읽는 주역서', 『주역에게 길을 묻다』를 저술하여 독자로 하여금 주역을 삶 속에서 다각적으로 응용하도록 했다. 맹난자의 진리 탐구 여정은 끊임없이 이어졌다. 그가 치열하게 궁구했던 죽음에 관한 화두는 결국 '사람은 왜 사는가?'라는 인간 존재의 의미 통찰로 확장되었다. 그는 이 인간 실존의 해답을 불법佛法에서 찾아 의식의 지평을 활짝 열었다.

그와 불교의 만남은 운명이었다. 「목련꽃이 필 때면」에서 그는 어릴 적부터 어머니를 따라 절에 가는 것을 좋아했다고 했다. 점점 자라면서 불교 설화에 마음을 빼앗기고, 고등학교 시절 숙제로 내준 '대승불교와 소승불교의 차이'를 알아보려고 탑골승방(보문사)을 찾아간 것을 계기로 스님들과 인연을 맺으면서 불법에 빠져들었다. 이후 그는 많은 스승들을 만나고, 치열한 공부를 통하여 생사를 초극하는 절대 자유를 얻었다.

그의 수필집에는 불교적 사유가 넘실거린다. 작품들 속에 담긴 방대한 불교사상은 문학, 철학, 인문학, 물리학, 천문학 등과 교직되어 통섭의 백과사전을 방불케 한다. 『나 이대로 좋다』에도 윤회의 원인이 되는 무명無明과 욕망, 윤회의 주체가 되는 아뢰야식, 생사生死가 하나라는 공空사상, 나[我]란 인연법에 의하여 잠깐 드러나는 임시적 존재라는 무아론無我論 등 불교사상이 폭넓게 펼쳐져 있다.

이 불교사상과 자크 라캉의 메시지는 상통하는 점이 많다.

포스트구조주의의 대표 주자인 라캉은 불교를 비롯한 노장老莊사상에 깊은 관심을 보였다. 그는 1963년과 1971년에 일본을 방문하여 불교 사찰들을 돌아보았다. 1969년부터 1973년까지는 중국어를 공부했고, 『노자老子』를 읽었다. 그리고 1962~1963년 진행된 『세미나 10, 불안』에서는 선불교 사상과 정신분석은 문제의식이 비슷하다고 강의했다. 이런 까닭인지 라캉의 정신분석 이론인 '상상계', '상징계', '실재계'와 맹난자 수필집에 담긴 불교사상은 맥락이 같다. 이제부터 『나 이대로 좋다』를 통해 라캉의 정신분석과 불교사상이 만나는 사유의 여정 속으로 걸음을 옮긴다.

라캉의 정신분석

자크 라캉Jacques Lacan(1901~1981)은 프랑스의 정신분석학자이자 철학자로서 그의 사상은 현대철학에 지대한 영향력을 끼쳤다. 라캉은 "프로이트로 복귀Return to Freud"를 주장했지만, 프로이트에서 한걸음 더 나아가 언어가 주체의 형성 과정에 치명적인 역할을 한다고 밝혔다. 무의식조차도 언어와 밀접하게 관련되어 있다고 했다.

라캉에게 인간의 주체는 서양의 전통 철학자들이 말하는 선험적이고, 자율적이고, 이성적이고, 통합적인 것이 아니다. 통합된 주체는 처음부터 존재하지 않으며 인식 주체는 근본적으로 분열되어 있다. "프로이트에 의하면 인간의 정신은 무의식, 전의식pre-consciousness, 의식으로 분열되어 있으며, 무의식-의식 혹은 이드ID-자아 사이의 끊임없는 충돌로 구성되어 있다. 따라서 주체는 어떤 고정된 실체가 아니며 무의식과 의식 사이의 어딘가에서 '형성 중'인 즉 과정상의 주체"이기 때문이다.(오민석의 『현대문학이론의 길잡이』 참조)

주체가 대상을 인식할 때는 항상 언어가 매개 역할을 한다. 그런데 기존의 서양철학은 이 언어를 '투명한 매체'로 간주해왔다. 투명한 매체로서의 언어는 투명한 유리창 같아서 주체가 대상을 인식할 때 중간에 아무런 왜곡 없이, 대상에 대한 주체 인식의 내용을 그대로 재현해주는 수단으로 생각했다.

그러나 포스트구조주의에 의하면, 특히 라캉은 '투명한 매체'로서의 언어 개념 역시 '통합된 주체'의 개념과 다를 바 없는 허구에 불과하다고 한다. 언어는 투명한 매체가 아니라 주체와 대상 사이에서 대상을 '왜곡하고 굴절시키는 매체distorting and refracting medium'라는 것이다. 언어는 기표記表와 기의記義의 양면으로 이루어져 있고, 이 양자 사이의 관계가 자의적이기 때문에 개별 단어조차도 고정되거나 확정된 의미를 갖지 않는다.

따라서 라캉은 '언어적 전회'를 통해 무의식의 구조가 언어와 밀접하게 관련되어 있다고 한다. 무의식에는 과거 특히 영아기의 체험이 저장되는데, 그 체험이 그대로 저장되는 것이 아니라 '표상表象, representation'의 형태로 담긴다. 그런데 이 표상은 '기의'가 감춰진(수많은 기의들을 동시에 가지고 있는) '기표 더미', '기표 사슬'로 짜여 있고, 이것이 타자의 언술(욕망)이라고 해석한다.

라캉에게 주체는 의식/무의식으로 분열되어 있을 뿐만 아니라, 언어 체계 안에서 기표의 형태로 분열되어 있다. 그래서 그는 인간 주체의 형성과정에 바탕이 되는 정신분석에 관심을 가졌고, 이것을 '상상계', '상징계', '실재계'라는 상호 연결된 고리형태로 담론을 펼쳤다.

상상계 : 거울 단계

생후 6개월여 된 아이는 거울에 비친 자신의 모습을 보고 환호하며 붙잡으려 한다. 라캉은 이것을 '거울 단계mirror Phase'라고 정의하며, 인간이 태어나 최초로 보이는 이미지에 대한 반응으로 해석한다.

> 거울 단계의 아이는 스스로 움직이지 못하고 다른 사람의 보살핌을 받아야 하며 말도 하지 못한다. 그러나 이 아이가 거울에 비친 자신의 이미지를 총체적인 것으로 가정하고 환호한다는 것은 이상화된 내가 상징계 속에 거꾸로 된 모습으로 진입한다는 것을 잘 보여준다. 그러나 거울 단계의 나는 타자와의 변증법적 동일시에 의해 객관화되기 이전의 주체이며 언어가 보편 구조 속에서 주체 기능을 부여받기 이전의 상이다.
>
> — 라캉의 『에크리 2』에서

아이는 거울을 보기 전까지는 자신의 몸이 하나의 통일된 형태로 존재한다는 것을 모른다. 불완전하고 미성숙한 존재로서 타자와 자신을 구별하지 못한다. 그러나 아이가 거울을 보는 순간 처음으로 자신의 몸이 하나의 통합체를 형성하고 있다고 느껴 자신과 거울에 비친 자신의 이미지를 동일시하게 된다. 이것은 불완전한 상태에서 완전한 상태로 가는 전이이며, 아이는 이 과정에서 최초로 자아를 느끼게 된다. 이때 아이가 느낀 자아는 아이의 몸과 이미지 사이의 관계, 즉 '양자적 관계dual relation'에서 오는 것이다. 더구나 아이는 타인과 자아를 구별하지 못하기 때문에 거울 속의 영상을 자신으로 인식한다. 그러나 아이가 자신과 동일시하는 대상은 거울에 비친 영상이기 때문에 이와 같은 인식은 오인에서 비롯된 것이다. 라캉은 거울 속의 이미지를 자신과 동일하게 여기는 나르시시즘을 상상계the Imaginary라고 부른다.

라캉이 이 단계를 상상계라고 말한 것은 그것이 실체가 아닌 이미지라는 바탕에서 형성되었기 때문이다. 즉 이미지란 한낱 상상일 뿐 사실상 허구라는 것이다.

불교의 『대반야경』「연기품」에서도 일체의 법을 '허깨비, 아지랑이, 꿈의 상태, 물 위의 달, 메아리, 가짜 꽃, 신기루, 거울에 비친 영상…' 등으로 비유한다. 경전의 이런 비유는, 라캉이 거울 속의 이미지를 허구라고 말한 것처럼, 만법萬法 역시 자성自性을 지니지 않아 실체가 없다는 것이다.

맹난자는「니르바나의 노래」에서 일체가 마음이 만들어낸 허상일 뿐 자성自性이 없다는 것을 불교의 유식唯識사상에 비추어 해설한다.

우리가 실유實有라고 여기는 현상세계는 사실은 우리의 심층 마음이 형성한 허상일 뿐이며 가유假有라고 주장한다. 이 세계는 마음이 형성한 것, 마음이 그린 영상일 뿐이기에 마음 내지 식識과 다를 바 없으며, 따라서 일체가 오직 식일 뿐이라는 '유식唯識'을 말한다. 일체유심조一切唯心造다. 유식이 성립하는 것은 우리의 식이 표층적 의식에 그치지 않고 현상세계를 형성하는 심층의 마음 활동이 있기 때문이다. 마음의 심층 활동이 그 대상을 덧칠하기 때문에 세상은 우리가 보는 것처럼 그렇게 있지 않다.

유식론에 의하면, 우리의 감각기관인 5근[안眼, 이耳, 비鼻, 설舌, 신身]이 감각 대상인 5경[색色, 성聲, 향香, 미味, 촉觸]을 만나 그것들이 하나의 대상으로 지각하고 판단하는 식을 전前5식이라 한다. 눈이 인식의 대상인 색깔[色境]을 구별하는 식이 안식眼識이다. 보는 특정한 놈이 있어서 보는 것이 아니라 안·색의 작용으로 본다는 것, 즉 인식의 주체자인 '나'가 없다는 것을 말하려는 것이다. 이식, 비식, 설식도 마찬가지다. 의식은 의근意根이 법경法境을 만나 일으키는 식으로 제6식이라고 한다. 제6식보다 더 심층적인 식이 제7 말라식인데 말라식은 제6식보다 더 깊어서 아집我執과 법집法執을 일으키는 심층적 무의식적 의지라고 볼 수 있다. 제7 말라식은 대상을 그릇되게 인식하여 근본적인 번뇌를 야기하는 번뇌식의 성질을 갖고 있는 심식心識이다.

(중략)

제8 아뢰야식은 '저장'이라는 뜻의 저장식이다. 제6 의식과 제7 말라식이 업을 지으면 그에서 남겨지는 업력종자種子가 아뢰야식을 이룬다. 조건을 형성하면 언제든지 발현하게 되는 씨앗과 같다. 그 종자들은 인연이 갖추어지면 구체적인 모습으로 현실화하여 변화하는 것, 즉 전변轉變 결과물이라고 본다. 식識이 전변한 결과이기 때문에 식일 뿐이며 영상일 뿐이다. 유식이라는 식 안에 진짜 나는 없다. 나란 나를 포함한 일체의 현상이 원인과 조건 화합으로 생겨난 것이기에 독자성獨自性이 없으며, 본질적으로는 공空이며 무아無我이다. 세상은 내가 만들어낸 마음의 환영幻影에 불과하다.

—「니르바나의 노래」 중에서

유식론의 아뢰야식은 정신분석학의 무의식에 비견할 수 있다. 유식사상의 전5식은 감각, 지각과 관련된 식이고, 제6식 의식은 지성, 감정, 의지, 상상력을 포괄하는 식이고, 제7식 말라식은 '나'라고 집착하는 식이다. 제8식 아뢰야식은 생각, 감정, 행동들 즉 업業이라고 부르는 것들이 종자의 형태로 저장된 식이다. 아뢰야식은 여러 종류의 식들이 흡수 저장되어 인연법에 따라 그 종자에서 싹이 터서 현실세계에 발현한다.

프로이트는 히스테리 환자를 치료하면서 표상적 의식으로 포착될 수 없는 인간의 내면에 감추어진 무의식의 존재를 확신했다. 무의식에는 유아기의 충격적인 경험을 비롯한 인간의 과거 경험들이 저장되어 있는데, 이것은 불교에서 업이라는 경험들이 아뢰야식에 저장된다는 유식론과 맥락을 같이 한다.

상상계에서 어린아이는 어머니에게 절대적으로 의존한다. 어머니와 한몸을 이루어 향락jouissance을 취하며 어머니마저도 자신과 동일시한다. 어린아이는 상상적·이미지가 견고해지면서 자아가 오인한 타자의 시선에 동화된다. 아이가 타자와 자신을 동일시하여 만들어진 이 상상적 산물은 의식뿐만 아니라 무의식에도 각인된다. 그러나 거울 속 모습은 실제 모습과 대칭 관계다. 아이는 이상화된 상을 결코 잡을 수 없다. 라캉은 이것이 아이의 근원적인 소외라고 했다. 아이가 배가 부른데도 손가락이나 가짜 젖꼭지를 빠는 것은 무의식적으로 불안을 느끼기 때문이다. 아이는 자아와 이상적인 자아(이미지) 사이의 틈새를 좁힐 수 없어 대상을 향하여 끊임없이 나아간다.

거울 단계를 통한 자의식이 환각과 오류의 원천이라는 라캉의 해설과 불교의 제법무아諸法無我 사상은 존재의 소외를 야기한다는 점에서 견해를 같이한다. 어린아이가 외부 대상을 바라보면서 그것을 자아인 것처럼 생각하지만 그것은 불교이론에 따르면 대상화된 의식으로 망상일 뿐이다. 아뢰야식에 잠재된 의타기성依

他起性의 씨앗이 시간적·공간적 인연의 관계망에 의해 현현되는 것이다. 라캉의 거울 이론과 맹난자가 말한 무아론은 일체만상一切萬象이란 고정되고 불변하는 실체가 아닌 타자를 통해 형성된 불완전한 허상이라는 것을 일깨워준다.

상징계

아이가 18개월쯤 되면 언어의 세계로 들어서면서 놀라운 변화를 경험하게 된다. '엄마', '아빠', '나' 등의 기표들을 습득하면서 이 각각의 기표들이 지시하는 대상이 서로 다른 존재라는 것을 깨닫는다. 그동안 상상계에서 나와 동일시했던 어머니의 이마고 대신 '아버지의 법칙'으로 상징되는 세계가 전개된다. 라캉이 상징계라고 부르는 '타자의 언술'의 그물 속에 놓인 세계다.

라캉이 말하는 '아버지'는 생물학적인 아버지라기보다는 언어와 문화로 형성된 사회적 규칙 체계 일반을 상징하는 법이며 기표다. 그런데 언어란 아이가 태어나기 이전부터 존재하는 질서다. 아이는 태어날 때부터 이미 언어를 통해 매개되는 가치, 판단, 금지, 명령, 의무 등을 타자의 언술을 통해 배우게 된다. 아이는 언어의 질서 속으로 들어가면서 그의 삶과 욕망은 아버지에 의해 조정된다. 아이는 이 과정에서 자신과 동일시했으며, 자신의 순전한 욕망의 대상이었던 어머니를 잃게 된다. 이때 아버지의 법칙으로

억압되면서 상실된 욕망의 대상은 완전히 없어지는 것이 아니라 무의식 속으로 잠기게 된다. 그리고 이 무의식은 존재의 상실을 충족시킬 대상을 욕망한다.

인간이 언어를 매개로 소통과 이해가 가능한 세계를 구현할 수 있다지만 상징계 안에서 모든 것은 오직 기표의 형태로만 존재한다. '나'라는 주체도 예외가 아니다. '나'라는 기표는 '아빠', '아들', '남편', '선생님', '친구', '운전자', '독서가' 등 무한대의 기의로 분열되어 있다. '나'는 상징계 안의 다양한 기표들과의 차이에서만 의미를 가질 수 있는 또 하나의 기표일 뿐이다. 언어란 기표와 기의 사이에 구멍이 뚫린 결여 그 자체이다. 언어적 존재인 인간은 이 불완전한 존재적 결여를 메우기 위해 욕망을 야기한다. 그러나 욕망이란 구멍 뚫린 그릇에 물을 담듯 결코 채워지는 것이 아니다. 욕망은 마음의 결핍을 메우기 위해 부, 명예, 권력, 쾌락 등 타자의 욕망을 끊임없이 추구하지만 채워지지 않는다. 이런 욕망은 인간이 태어나기 전부터 타자들이 욕망의 대상으로 지정해놓은 것들이다. 결국 인간은 '타자의 언술'에 의한 '타자의 욕망'을 좇는 환상에 의해 유지된다.

라캉은 욕망의 대상을 '오브제 a'라고 부르는데, 그것은 현실에서 결코 채워질 수 없는 결여를 은닉하는 환상적 원인-대상이라고 한다. 욕망 자체가 나쁜 것은 아니지만 이러한 환상대상 때문에 소외된 욕망 혹은 잘못된 욕망이 끈질기게 이어진다는 것이다.

불교에서도 대상에 대한 그릇된 집착을 버리지 못하고 그것 때문에 괴로움을 겪는 것을 집제集諦라 하여 경계한다. 해소되지 않는 욕망의 무한순환인 갈애渴愛는 모든 고통의 근원이다. "무명에 덮이고 욕망의 결박에 묶이어 긴 밤(많은 생) 동안 윤회한다"고 『잡아함경』은 설한다. 맹난자는 이 경구를 「니르바나의 노래」에서 "무명無明이 찾고 욕구하는 것, 그것을 욕망이라고 부르는데, 그 욕망 때문에 탐욕과 은애恩愛에 빠져 재생과 늙음과 병과 죽음에서 벗어날 수 없다"고 해설한다. 욕망이란 고苦의 원인이 되어 세세에 걸쳐 이어지기 때문에 그것을 뿌리째 뽑아버려야 한다는 것이다.

그렇다면 욕망의 뿌리는 무엇일까? 맹난자는 '내[我]가 존재한다'는 생각이 욕망의 근원이라고 한다.

> 우리 존재란 무엇인가? 이른바 5온五蘊이다. 5온은 색·수·상·행·식이다. 색色은 물질, 수受는 감각, 상想은 지각, 행行은 형성력, 식識은 식별작용을 말한다. 이 다섯 무더기의 쌓임을 존재라고 붓다는 말했다. '나'란 비실체적인 몇 가지 요소들이 모여 일시적으로 존재하고 있는 일시적인 존재, 인간은 '무아적 존재無我的 存在'이다. 무아 이론을 강조하는 것은 바로 고苦의 문제를 해결하기 위해서다.
>
> —「니르바나의 노래」 중에서

세상은 내가 만든 마음의 환영幻影에 불과하며 이 모든 것이 욕망이라는 원인에 의존한 현상일 뿐이다. 맹난자는 이렇게 실재적인 존재가 없음에도 불구하고 존재가 끊이지 않고 계속되는 이론적 근거를 연기론緣起論에서 찾는다.

언젠가 화계사에서 숭산崇山 스님을 뵈었을 때의 일이 떠오른다.

찻상에 놓인 사과 한 알을 불쑥 내 앞에 들이밀며 색色이냐? 공空이냐? 답해보라는 것이었다. 기습적인 그날의 강타는 독사처럼 내 안에 자리를 잡았다.

'색즉시공 공즉시색色卽是空 空卽是色'

(중략)

나는 지금 텅 빈 나뭇가지 앞에 서 있다. 봄이 되면 저 빈 나무 속에서 꽃이 피어난다. 공즉시색이다. 조건만 맞으면 연기緣起 상황으로 존재하다가 조건이 다하면 돌아간다.

연기에 의해 가합假合된 이 몸뚱이는 그림자처럼 실체가 없는 것이기에 본래 공空하다는 것을 알면, 일체의 고액에서 벗어나게 된다는 『반야심경』을 얼마나 되뇌었던가.

—「가부좌로 앉은 사과 한 알」 중에서

유有가 있음으로 해서 생生이 있는 것이다. 유는 다시 취取로 인해, 취는 애愛로 인해 있고, 애는 수受로 인해 있고, 수는 촉觸으로 인해 있고, 촉은 6처處로 인해 있고, 6처는 명색名色으로 인해 있고, 명색은 식識으로 인해 있고, 식은 행行으로 인해 있고, 행은 무명無明으로 인해 있는 것임을 알아내었다.

—「니르바나의 노래」 중에서

맹난자는 '내가 없다'는 무아無我를 깨닫게 한 『반야심경』을 강조하면서 그 바탕이 되는 '12연기법'의 단계를 펼쳤다. 세상의 일체 작용은 무명無明→ 행行→ 식識→ 명색名色→ 6처處→ 수受→ 애愛→ 취取→ 유有→ 생生→ 노사우비뇌고老死憂悲惱苦로 순환하는 연기의 사슬이다. 모든 법은 타他를 의지한 인연법으로 생겨나고, 이것이 지속되는 것은 스스로가 만들어 낸 업業과 욕망 때문이다.

불교는 만물의 본질은 공空이며, 현상은 마음이 인연 작용에 의해 상대적으로 만들어낸 허상이라고 한다. 이때 마음이 만들어내는 욕망의 순환 때문에 인간이 고통을 겪는다. 라캉의 정신분석 역시 결여된 존재가 그 구멍을 메우기 위해 대상을 찾아 타자의 욕망을 욕망하는, 욕망의 망상적 구조가 빚어내는 인간의 고통과 소외를 피력한다.

실재계

라캉은 개념적 가설로서 실재계를 상정했다. 실재계란 언어와 무관한 또는 언어를 경유하여 도달할 수 없는, 그 자체로 충만한 상태를 말한다. 그것은 상상계처럼 이미지 형태로 포착되지도 않고, 상징계처럼 기표의 형태로도 존재하지 않는다. 그것은 어떤 표상으로도 도달할 수 없는 모든 현상들 너머에 존재하는 어떤 것이다. 상상계나 상징계에서 드러났던 결함, 부재, 분열이 존재하지 않는 '절대적인 완전성'의 상태이다. 따라서 실재계는 이미지나 언어의 틀 안에 갇혀서는 경험할 수 없는, 죽음충동을 통하여 초월의 어떤 비상식적인 순간에 놓일 때 비로소 경험할 수 있다.

존재하지 않지만 존재하는 실재계는 흡사 불교의 무無나 공空을 떠올리게 한다. 건국대학교 철학과 교수 김석은 「자크 라캉의 정신분석과 불교의 만남」(『불교평론』 72호. 2017. 12. 1)에서 "불교나 정신분석은 둘 다 서구사상에 뿌리 깊은 표상적 사고와 과학적 이성주의를 거부하면서 그릇된 집착이나 나르시시즘적 정념을 벗어나 존재의 비실체성, 즉 무無에 관한 사고를 적극적으로 개진한다는 공통점이 있다. 라캉이 불교에 매료된 것도 무에 대한 절대적 사고 때문이었다. 무에 대한 사고는 진리의 문제와 연결된다"고 하였다.

선불교에서는 진정한 법이란 경전이나 문구를 벗어나 오히려 침묵이나 무지를 통해 드러난다고 한다. 맹난자는 「그분의 행방은」에서 어둠이 내려앉은 창밖을 지켜보는 평화로움을 무위無爲의 공간이나 침묵이 주는 편안함과 동일선상에 놓으며 이렇게 읊조린다.

> 세상에 존재하는 것은 아무것도 없는 것에서 생겨난 것이다. 우리가 태어났으면서도 태어나기 전의, 아직 아무것도 없는 무無의 세계. 결국은 우리가 돌아가야 할 도의 근원인 무無로 돌아간 것 아닐까. (…) 종내에는 나, 공空과 무無로 돌아가리. 여기에 무엇을 보태랴.

그는 이렇게 우리가 돌아가야 할 근원은 공空과 무無라고 했다. 그리고 다시 나찰이 설산동자에게 들려준 게송 '니르바나의 노래'를 들려준다.

> 생멸멸이生滅滅已 적멸위락寂滅爲樂
> 생멸이 없어진 자리, 적멸 그대로 즐거움이다

그는 '적멸위락'이란 글자를 가슴에 품고 "색色 그대로 공空을 보듯, 무상한 내 존재를 그대로 본다"고 한다. 그는 몸을 버릴 나이에 가까워져 남은 삶이 헐거워진 나사처럼 불편하지만 하루하루가 바라는 바 없이 평온한 나날이다. 그의 모습은 삶에 집착하지도 죽음을 회피하지도 않는, 무無의 경지에 이르렀다. 형상학적으로는 자연법칙에 의하여 생사가 오고가지만 본체로 보면 삶과 죽음이란 존재하지 않는다. 이것을 깨달은 맹난자는 마음이 허공 같아서 하루하루를 평상심平常心으로 살아간다.

라캉도 실재를 그 자체로 조우遭遇, Tuché하라고 한다. 즉 욕망을 따라 행동하라는 것이다. 라캉의 정신분석이 욕망을 긍정하는 이유는 존재 결여인 존재가 자신을 보존하려는 코나투스conatus(개체가 자기 존재를 유지하려는 힘 또는 의지)로 해석할 수 있다. 따라서 라캉은 욕망을 존재에 대한 관계이자 주체를 가능하게 만드는 동력으로 해석한다. 욕망을 통해 불가능처럼 나타나는 실재réel에서 결여된 존재의 자리를 찾기 위해 욕망한다. 불완전한 주체는 실재계로 가보려는 욕망을 추구하면서 불가항력적인 충동, 주이상스jouissance(고통스러운 쾌락)를 되풀이한다. 라캉은 비록 실재계에 도달하는 것은 불가능하지만 주체 스스로 이 불가능성을 마주하고 환상을 통과할 것을 요구한다. 이것은 금지된 것 너머를 욕망하는 것으로서, 충족 불가능한 욕망을 그 자체로 대면하여 자신의 존재를 향유하라는 것이다.

실재계는 죽음과 같은 모습이다. "인간이 태어나서 거울 단계에 이르기 전까지의 경험과 같다. 6개월 이전의 아이는 태어났지만 어머니의 몸 안에서와 같이 아무런 지각 능력이 없어서 거울 단계의 착각과 오인조차 일어나기 전이다. 그래서 실재계는 인간이 태어나기 이전과 지각없는 시기를 합쳐서 말하기도 한다. (…) 실재계는 삶의 시작이고, 끝인 죽음이다. 태어나기 이전과 삶의 끝에 있는 죽음은 같기 때문이다. 만물은 죽어 흙이 되고 흙은 또 만물을 낳는다. 라캉은 이 죽음이 실재계라고 한다."(권택영의 『라캉 · 장자 · 태극기』 참조)

라캉은 『세미나 20』에서 둥근 고리들을 가지고 '보로메오 매듭'의 원리를 설명했다. 두 개의 끈으로 된 링만으로는 서로 매듭을 지을 수 없고, 세 번째 링이 있어야만 매듭이 생긴다. 이 세 번째 링이 실재계이고, 다른 두 개의 링은 상상계, 상징계다. 세 개의 링은 그 가운데 하나만 끊어져도 모두 흩어진다. 실재계의 링이 반복과 순환의 연쇄 고리를 이루어서 세 개의 링이 흩어지지 않게 묶어주는 기표의 연쇄 고리이다.

실재계는 아이가 태어나기 전, 어머니의 몸 안, 죽음과 같은 상태다. 그러나 죽음이 삶을 낳는다. 죽음은 삶과 뗄 수 없다. '보로메오 매듭'의 세 번째, 무無의 링이 삶과 죽음을 순환한다. 존재의 근원인 무는 삶 속에 실재계로서 존재한다.

이것은 삶과 죽음이 하나라는 불교의 불이사상不二思想을 떠오르게 한다. 맹난자는 다음과 같이 서술한다.

> 그러므로 무無의 본체와 유有의 현상을 같이 보아야 하는 까닭은 둘은 본래 한 가지로 나오면서 그 이름이 유와 무로 달라진 것이기 때문이다. 무에 해당하는 무극無極과 유에 해당하는 태극太極이 같은 근원에서 나와 그 명칭이 달라진 것과도 같다고나 할까. 그리하여 생사가 둘이 아니라는 것을 겨우 짐작이나 해본다. —「가부좌로 앉은 사과 한 알」 중에서

실재계란 인간에게 말이 있기 이전, 인간의 탄생에 선행하는 이해 불가능한 공백의 영역이다. 주체는 삶 속에서 그 공백 상태를 주이상스, 죽음충동으로 느낄 수 있다. "죽음충동이란 생물학적인 죽음이 아닌 상징적인 의미로 삶의 끝 또는 그 너머를 의미한다. 주체가 도덕과 쾌락 너머로 욕망을 행동하는 순간 그는 이미 쾌락의 법에 기초한 공동체 밖으로 발을 내디딘 것이다. 그는 문명 너머 '야만'의 들판에 몸을 맡기게 된다. 살아 있으나 살아 있지 않은 '죽음'의 상태로 들어간다. 이것은 안전한 쾌락이 아닌 고통스러운 희열의 공간이기 때문이다."(김용수 『자크 라캉』 참조)

조르주 바타유Gerges Bataille(1897~1928)는 성적 희열, 오르가슴을 '작은 죽음'이라 하였다. 죽음충동, 주이상스는 인간이 태어나서 원형으로 돌아가고 싶은 리비도이다. 인간이 돌아가야 할 그곳은 인간이 만든 법과 문명과 언어를 벗어난 야만의 텅 빈 공간이다. 삶과 죽음이 함께하는 무無의 들판이다. 권택영은 "삶은 실

재계에서 시작하여 상상계를 지나 상징계로 들어간다. 그리고 실재계로 다시 들어서서 상상계로 상징계로 실재계로 순환한다"고 하였다. 죽음 없는 삶은 존재할 수 없고, 타자 없는 주체는 존재할 수 없기 때문에 실재계는 삶 속에 들어와 있는 죽음으로 해석한다.

실재계란 사유 속에 들어온 몸이며, 음陰이면서 동시에 양陽이며, 노자老子가 『도덕경』에서 읊은 '죽지 않는 계곡의 신, 현빈谷神不死 是謂玄牝'이다.

라캉의 실재계는 불교의 견성성불見性成佛과 흡사하다. 인간에게는 이미 불성이 내재되어 있는데, 이것을 깨닫기만 하면 부처가 될 수 있다. 우리의 본래 마음은 청청하지만 집착과 망상으로 오염되어 깨달을 수 없었다. 그러나 본래의 마음을 다시 찾는 것이 성불成佛이다. 라캉의 실재계 역시 불완전한 주체가 상징계의 결여 속에 존재하는 죽음과 같은 텅 빈 들판으로 나아가는 것이다. 상징계 너머 비실체성의 실재와 만남을 욕망으로서 추구하는 것이다. 두 사상은 존재의 근원을 찾아 무無의 세계로 향하는 길을 함께 걷는다. 내 안에서 참된 본성本性을 찾는 자각이다.

존재에 대한 탐구

라캉은 "나는 내가 존재하지 않는 곳에서 생각하며 내가 생각하지 않는 곳에서 존재한다"라는 유명한 아포리즘을 남겼다. 이것은 "나는 있는 것도 아니요, 없는 것도 아니며, 있기도 하고 없기도 한 것도 아니요, 있기도 하고 없기도 한 것도 아닌 것도 아니다"라는 『아함경』의 부처님 말씀을 떠올리게 한다.

라캉에 의하면 인간은 구조적으로 불완전한 존재이기 때문에 타자의 이미지를 자아라고 여기는 상상에 빠지게 된다. 불교 역시 '나'란 마음이 만들어낸 허상으로, 이것은 연기緣起에 의하여 나타나는 임시적인 존재이다. 인간은 기표로 이름 붙여진 불변하는 존재가 아니다. 라캉과 불경佛經은 환상이나 상상 속의 거짓 자아에 속지 말고 진정한 주체를 깨달으라고 한다.

불교에서 욕망의 무한순환인 갈애渴愛는 모든 고통의 근원이다. 따라서 욕망은 집착과 자아에 대한 그릇된 생각을 일으키기 때문에 그것에서 벗어나 불성을 깨달으라고 한다. 라캉의 정신분석은 욕망을 긍정하기 때문에 언뜻 생각하면 불교와 다른 길을 걷는다고 생각할 수 있다. 그러나 라캉이 말하는 욕망은 언어가 존재를 완전하게 의미화할 수 없는 주체의 존재적 결여에서 비롯되기 때문에 존재를 향한 열정으로 해석한다. 그런데 이 욕망은 타자에 의한 관계를 통해서 정립된다. 불교 역시 존재는 완전한 실체가 아닌 인연에 의하여 일시적으로 나타나는 가유假有이며, 이 인연법은 타他를 의지해서 생겨나기 때문에 욕망 역시 상대적인 망상적 구조가 빚어낸다. 두 이론은 상호주관성의 산물인 욕망을 매개로 참된 존재를 향하여 사유한다.

불교와 정신분석은 환상 너머 실재 또는 무無로 나아가는 진리의 동반자이다. 그렇다고 두 사상이 궁극의 일자一者를 공空이나 무로 해설했다고 허무에 빠지거나 삶을 부정하는 것이 아니다. 오히려 주체의 결여와 모순을 직시하고 존재의 본성을 자각할 것을 요구한다. 라캉은 환자가 행복하다고 생각하면 그것으로 충분하다고 한다. 환자의 증상은 해석이나 치료의 대상이 아니라 자신의 독특한 향유방식을 압축하고 있기 때문에 그것과 함께 사는 법을 배워야 한다는 것이다.

이것은 그 모습 그대로가 진여眞如라는 불교사상과 다르지 않다. 관념의 허상과 주객이 떨어져 나가면 본체는 바로 그곳에 있다. 맹난자가 「만목滿目의 가을」에서 은행잎이 떨어지는 것을 보고 떠올렸던 '체로금풍體露金風'이다. 가을바람에 나뭇잎이 모두 떨어지면 본체가 드러나는 것, 삼라만상은 있는 그대로가 절대의 현현顯現이라는 것이다. 작가는 텅 빈 가슴으로 바람 부는 언덕에 나목裸木처럼 서서 '나 이대로 좋다'라고 노래한다. 라캉 역시 말년에 환자에게 증상을 즐기며 더불어 살아가야 한다는 '증상과 동일시'를 강조했다. 맹난자와 라캉은 자연의 순리에 따라 존재가 드러나는 그 자체로 살아가라고 한다. 존재가 무無 혹은 본연의 모습에서 진여眞如를 깨닫는 것은 본래의 자기를 확인하는 것이다. 예전의 모습과 달라질 것이 없다. 바로 평상심으로 오늘을 사는 것이다.

라캉의 정신분석이 참된 욕망을 존재에 대한 관계로 인식하며 실재계를 통해 주체의 실존을 탐구한다면, 불교는 무명無明에서 비롯된 갈애渴愛를 벗어나 일체가 공空하다는 반야般若를 깨닫는 것이다. 라캉의 정신분석과 맹난자의 수필은 둘 다 언어와 지식과 경험을 벗어나는 진정한 존재를 궁구한다.

—

송마나 | 완도에서 출생하여 유·청년기를 광주에서 보냈다. 2016년 계간 『에세이문학』으로 수필 등단했고 2017년 『한국산문』으로 평론 등단했다. 한국수필문학진흥회, 이대동창문인회, 송현수필문학회 회원으로 활동하고 있다.

■『본래 그 자리』

삶과 죽음, 되돌아가는 자연의 춤

지혜경/ 연세대학교 철학연구소 연구원

삶을 살면서 겪게 되는 많은 아픔 중 우리를 잡고 놓아주지 않는 기억들이 있다. 트라우마라 불리는 그 기억들은 평생의 화두를 던지어 한 사람의 삶을 끌어간다. 맹난자의 『본래 그 자리』는 작가가 잡고 있던 삶의 화두와 그에 대한 깨달음을 정리해놓은 책이다. '오래된 나의 노트'라는 부제에 걸맞게 작가가 화두로 삼았던 문제들을 철학적 깊이와 유려한 문체로 담담하게 풀어나가고 있다. 앞부분은 삶의 아픔과 관련된 글들을 모았고, 뒷부분은 삶과 죽음에 관련된 철학적 주제를 다룬 글들을 모았다. 11개의 장으로 구성되어 있지만, 핵심 화두는 삶의 고통, 마음, 무아, 죽음으로 요약해볼 수 있다.

삶의 고통-고통의 진리

'슬퍼할 거니? 외로워할 거니? 고통스러워할 거니?'라는 질문을 함께 써놓은, 여자아이를 닮은 듯한 양팔을 벌린 갓파(일본 전설 속의 물의 요괴)의 그림. 시적 언어가 결합된 그림을 통해 작가는 에세이집의 핵심 화두를 던져준다. 삶을 힘겹게 하는 일을 경험했을 때 나는 그것을 어떻게 받아들이고 어떤 선택을 할 것인가? 슬퍼할까, 외로워할까, 고통스러워할까, 아니면 다른 선택을 할까?

삶의 고통에 관한 이야기를 끌어가기 위해 작가는 아쿠타가와 류노스케의 삶과 자신의 삶을 교차서술하며 기억 속 근원적 아픔을 꺼내 보여준다. 동생들의 죽음, 아버지의 외도, 마음을 닫아버린 채 일찍 돌아가신 어머니, 가족을 부양하기 위해 모든 것을 포기해야 했던 상황. 작가가 공유하고 있는 슬픈 원 가족사는 류노스케의 삶의 아픔과 매우 닮았다. 교차서술의 방식을 통해, 자신의 아픔을 객관적이면서도 보편적인 이야기로 서술한다. 덕분에 독자도 작가의 아픔에 부담을 느끼지 않고 쉽게 공감할 수 있다.

이어서 아픈 삶을 산 많은 감성적인 예술가들과 철학자들을 소개한다. 모파상, 뭉크, 슈만, 고흐, 버지니아 울프, 유진 오닐, 보들레르, 에드거 앨런 포, 다자이 오사무, 키에르케고르, 쇼펜하우어, 롤랑 바르트, 들뢰즈 등등 모두 뛰어난 작품들을 남겼지만, 우울증으로 정신이상이 생겨 정신병원에서 생을 마치거나 또는 자살로 생을 마감한 사람들이었다. 나아가 아픈 삶을 살았던 예술가들에게서 조실부모라는 공통의 '슬픔의 바코드'를 발견한다.

상실이란 삶에서 겪게 되는 가장 큰 고통이며, 그 가운데에서도 부모를 잃어버림은 나를 이 세상에 있게 한 존재의 사라짐이기에 남겨진 자가 느끼는 슬픔의 깊이는 다른 사람이 헤아릴 수가 없다. 석가모니도 원효도 태어나자마자 어머니를 잃었고, 사르트르, 막심 고리키, 톨스토이, 보들레르, 피천득, 쇼펜하우어, 조나단 스위프트, 에드거 앨런 포 등도 어릴 적 부모를 잃었다. 생각보다 많은 이들이 깊은 아픔과 슬픔을 품고 있었다. "고통은 고통을 통하지 않고서는 빠져나올 수 없다. 그러므로 그 속으로 자진해 들어갈 수밖에 없는 것이다."(136쪽) 예술가들의 고통에 동참하면서 작가는 자신을 정화시키고 있었다. 그러나 좀 많았다. 이것이 그녀의 고통을 달래는 씻김굿의 흔적들임을 알지만, 삶의 밝은 면에 천착하는 삶을 살았던 필자로서는 비슷한 광기와 아픔들을 반복적으로 읽는 것이 쉽지는 않았다.

다행히도 작가는 삶의 고통에만 머무르지 않고 고통 안에서 빛을 보는 이들의 이야기도 소개한다. 그 덕분에 우울의 무게에서 조금 자유로워져서 글을 읽어나갈 수 있었다. 삶의 고통은 단지 고통에서 끝나지 않는다. 어떤 이는 슬픔과 괴로움에 먹혀버리기도 하지만, 어떤 이는 고통을 직면하고 고통 속에서 묵묵히 자신의 일을 해나가며 고통에서 벗어나 결실을 본다. 인생은 음양관계처럼 그림자 곁에 빛이 함께 있기 때문이다.

작가는 니체, 카뮈, 니코스 카잔차키스, 루쉰, 프로이트를 통해 삶의 희망과 의지를 소개한다. 우울함과 광기 속에서 결국 생을 마감한 니체였지만, 그는 인간의 구원은 외부에서 주어지는 것이 아닌 자신의 잠재력에 확신을 가지고 용기있게 변화를 실천해가는 개인, 바로 초인에게 있음을 설파하였다. 카뮈는 삶의 절망 속에서 삶의 희망을 보았다. 굴러떨어질 수밖에 없는 돌을 언덕까지 굴려올리는 일을 반복하는 형벌을 받은 시지프스 신화에서 그는 시지프스가 굴러내려가는 바위를 바라보면서 잠시 멈추어 바라보는 순간에서 운명을 적극적으로 수용하고 반항과 전복을 꿈꾸는 희망을 읽어낸다.

카잔차키스는 삶을 끝없는 창조와 생의 에너지의 폭발로 바라보는 베르그송의 철학에 기반하여 자유롭고 생명력 넘치는 희랍인 조르바를 탄생시켰다. "니체는 나에게 불행과 슬픔을, 그리고 불안을 자랑으로 바꿔놓는 것을 가르쳐주었고, 조르바는 나에게 인생을 사랑하고 죽음을 두려워하지 말라고 가르쳐 주었다."(182쪽) 루쉰은 "세상이 아무리 절망스러워도 '막다른 길'이란 존재하지 않는다고 굳게 믿고 있었으며 가시덤불 길을 스스로 헤쳐나갔던 사람"(196쪽)이었으며, 프로이트는 질병의 고통 속에서도, 죽음이 코앞에 다가올 때까지 글 쓰는 것을 멈추지 않았다.

작가는 예술가들의 고뇌에서 시작된 삶의 고통에 대한 이야기들을 중반 이후 삶의 찬가로 전환한다. 이제 "슬퍼할 거니? 외로워할 거니? 고통스러워할 거니?"라는 질문에 "그럼에도 사랑할 거니?"라는 선택지가 되었다고나 할까.

무아-고통 해방의 열쇠

> "유구有求면 유고有苦, 무구無求면 무고無苦.
>
> 구하는 게 있으면 고통이 있고, 구하는 게 없으면 고통도 없다."

작가에게 무아無我의 화두를 쥐게 해준 구절이다. 젊은 시절, 가족으로 인해 모든 것을 포기해야만 하는 숨이 막히던 상황에서 위의 구절을 만났을 때, 답답함이 사라졌고, 그 이후 무아의 '무無'를 탐색하게 되었다고 한다.(30쪽) 어떻게 위의 구절이 무아로 연결되는 것일까? 위의 구절은 갖고자 하는 욕망을 내려놓으라 한다. 내가 있음으로 해서 무언가를 구하려하는데, 그것이 좌절될 때 우리는 고통을 느끼게 된다. 그러므로 나를 내려놓으면 무언가를 구하려는 나의 마음을 내지 않게 되고, 구하는 게 없게 되어 고통도 없다. 무아를 삶 속에서 자연스럽게 실천할 수 있게 도와주는 무아의 실천에 대한 구절인 것이다.

무아의 화두를 풀기 위해 작가는 인간의 존재, 영혼, 자아에 대한 여러 철학자들의 논의도 정리한다. 자아와 영혼에 대한 정립 없는 무아는 공허한 허무주의로 빠질 수 있기 때문이다. 전통적으로 인간의 존재란 영혼과 육체의 결합이라고 생각되어 왔다. 영혼은 생명력으로 불변하며 인간 존재의 본질적 부분이고 육체는 영혼을 속박하는 감옥으로 여겨져 왔다. 그러나 영혼이 전혀 없다고 생각하는 그리스의 철학자도 있었고, 이러한 관점은 흄과 현대철학자들이 계승한다. 흄은 자아라는 것이 실제로는 개념적 망상이라 하며 현대철학자인 대니얼 데닛은 '자아란 뇌가 만들어낸 허구'라고 설명한다. 작가의 서양철학에 대한 해박한 지식에 감탄이 절로 나온다.

작가의 철학적 깊이는 불교철학을 설명할 때 더욱 잘 드러난다. 존재와 자아에 대한 설명뿐만 아니라, 무아와 쟁점이 되는 문제들도 명쾌하게 설명한다. 불교는 색色(물질), 수受(감수작용), 상想(개념작용), 행行(의지작용), 식識(분별작용)의 오온五蘊을 존재라고 한다. 오온은 물질적 부분(색)과 정신적 부분(수, 상, 행, 식)으로 구성되어 있는데, 정신적 부분을 하나의 실체로서의 영혼이 아닌 네 가지 정신작용으로 분류하고 있다. 이 설명은 나/자아의 작용은 인정하되 그 실체는 없음을 밝히고 있다.

무아론은 나의 고통의 근원을 제거할 수 있는 좋은 이론이지만, 세 가지 문제점을 가지고 있다. 첫째, 무아론은 불교적 세계관인 윤회론과 서로 모순된다. 둘째, 무아론은 선불교의 참나개념과 모순된다. 셋째, 무아론은 논리적으로는 이해할 수 있으나 마음 깊이 이해하기 어렵다. 작가는 이 세 가지 문제들을 쉬우면서도 명료하게 풀어간다.

① 나/영혼이 없는데 무엇이 업을 받으며, 무엇이 윤회하는가? 작가는 이를 상속설로 설명한다.

> 쉴 사이 없이 변하면서 흘러가는 산개울 물은 한순간도 동일하지 않으면서 처음부터 끝까지 계속된다. 이 비유로 어떤 존재가 한 단계에서 다음 단계로 그것을 이어주는, 주체 없이도 계속할 수 있음을 설명한다. 상속이론에서 죽는 자는 다시 태어나는 자와 동일한 '존재'가 아니다. 왜냐하면 존재를 구성하는 모든 요소들이 나타나자마자 저절로 그리고 즉시 사라져 버리므로 아무것도 한 존재에서 다른 존재로 옮겨가지 않는다고 말한다. (248~249쪽)

상속이란 서로 이어진다는 것이다. 존재를 구성하는 오온은 고정불변의 요소가 아니라 매순간순간 생성하고 머물렀다 소멸한다. 한 찰나 전의 오온의 요소들이 이전 요소와 유사한 각각의 요소들을 끌어당겨 지금의 모습이 끊임없이 이어져가게 된다. 이어져가는 하나의 흐름이나 그것이 연속적으로 발생하기에 실재하는 것처럼 보이게 한다. 연기법緣起法에 의거하여 다섯 가지 요소가 매순간순간 결합되며 나는 나의 모습을 이어가게 된다. 이러한 상속을 이어지게 하는 것이 업業이다. 업은 의지작용 또는 의도로, 욕망으로부터 발생한다. 욕망의 추동으로 작용하는 업의 힘이 한 존재를 다음 생으로 이어지게 한다. 저장의식(무의식, 아뢰야식) 속에 남아 있던 업의 씨앗들이 죽음 이후 새로이 오온의 요소들과 결합하면서 새로운 존재로 태어난다. 상속으로 인한 존재가 연속되기에 윤회한다. 업이 다해 상속이 멈출 때 열반이 가능하다.

② 무아인데 어떻게 참나를 볼 수 있는가? 작가는 이에 대한 답변의 실마리를 쇼펜하우어의 '본질불변론'에서 찾는다.

쇼펜하우어는 인간과 세상을 두 가지 관점에서 즉 현상과 본체로 설명한다.

① 현상론적 관점에서 보면 인간은 개인으로 나타나며 이는 시간적으로 시작이 있고 끝이 있으며 고통으로 싸여 있다. ② 본체론적으로 보면 인간은 파괴되지 않는 근원적 존재여서 존재하는 모든 것 속에 나타난다. 그리하여 과거에도 있었고 미래에도 있을 모든 것이다. 본체론적 관점에서 인간은 개인이 아니며 영원한 것이다.

> 죽지 않는 법을 터득한 붓다는 현세적인 의미로는 죽었다. 그러나 본래적 의미로는 죽지 않았다. 그는 죽을 것이 본래 없다는 것을 깨달았기 때문이다. 쇼펜하우어의 이론을 요약하자면 '개인은 죽으면서 사라져버리지만 본질 자체는 종말을 맞은 것이 아니므로 우리는 죽음에서 잃을 것은 아무것도 없다'는 것이다. (227쪽)

무아와 참나의 관계는 위의 인용문처럼 현상론적 측면, 본체론적 측면의 두 관점에서 풀 수 있다. 아我란, 본디 언제나 존재하고 소멸하지 않는 실체를 말하기에 죽음으로 소멸하는 것은 아我라고 할 수 없다. 그래서 현상 속의 개별적 자아는 존재는 하지만 아我라고 할 수 없다. 현상론적으로 무아는 없다. 하지만, 본체론에서 보면, 개별적 자아는 없지만, 본질은 실재한다. 달리 말하면, 개별 존재들의 삶과 죽음이란 근원적 존재가 임시적으로 현상으로 드러났다가 다시 근원적 존재로 회귀하는 것이다.

근원적 존재란 불교에서는 공空, 식識이 되며, 주역에서는 도道, 일자一者가 되며, 신유학에서는 학파에 따라 리理나 맑고 텅 빈 기氣인 태허太虛가 되며, 달리 말하면 우주적 자아라고 할 수 있다. 개별 자아와 우주적 자아의 관계는 마치 구름이 비가 되고 다시 구름이 되는 것과 같은 것이라 할 수 있다. 그래서 작가는 붓다는 현세적 의미로는 죽었지만, 본래적 의미로는 죽음과 삶의 분별기

준을 넘어서 있기에 죽지 않았다고 하는 것이다.

③ 무아에 대한 참된 이해의 어려움에 대해서는 작가도 어려웠다고 이야기한다. "솔직히 고백하자면 나는 육체에 실체적인 나가 없다는 무아는 쉽게 수긍할 수 있었다. 그런데 이론적으로 '수상행식'에 '나가 없다'는 것을 글귀로 읽었을 뿐, 내 속에 영원히 없다는 것은 나와 상관없는 이야기로 여겼다. 무아無我, 비아非我는 이해하면서도 '아트만'을 버리지 못했던 것이다. 영혼은 육체를 초월한 존재이므로 위대한 영혼들은 시공을 넘어 존재하지 않는가. 나는 그것에 박수를 보내왔던 사람이다. 그러나 그들을 존재케 하는 것은 우리들의 기억이었다."(242쪽) 솔직한 고백으로 마무리된 작가의 무아에 대한 탐색 여정은 그 길을 걷고 있는, 그리고 걷게 될 이들의 짐을 덜어준다.

마음-고통의 원인, 허깨비

비록 붓다가 자아에 대한 잘못된 앎과 집착이 고통의 근원적 원인이라고 말하지만, 삶에서 우리를 힘들게 하는 것은 마음이다. 여러 감정을 일으키며 아픔을 느끼는 것은 마음이다. 그래서 고통의 삶을 살아가는 이들에게 마음은 또 하나의 화두話頭이다. 작가도 마음에 대해 놓을 수 없는 화두였다고 하였다. (297쪽 참고)

불교는 마음에서 시작해서 마음으로 끝난다. 삶의 고통을 제거하기 위해서는 마음을 제대로 알고 다스릴 줄 알아야 하기 때문이다. 불교에서는 마음이 실체가 없음을 여러 곳에 말한다. 불안한 마음을 안심시켜달라는 혜가 스님의 요청에 달마 스님은 불안한 마음을 내놓아보라고 한다. 당연히 내놓지 못했다. 실체가 없기 때문이다. 변덕스럽게 변하는 마음이기에 고정된 실체가 아니다. 그런데 한편에서는 마음자리는 고요하고 생멸의 변화가 없다고도 한다. 이를 좀 더 쉽게 설명하기 위해 작가는 이번에는 칸트의 선험과 경험의 개념을 빌려온다.

> 경험이 작용이라면 선험은 본체라고 할 수 있다. 선험은 온갖 경험이 일어나는 바탕으로 하나는 마음자리이고 다른 하나는 마음작용이다. 이를 불교에서는 '사람의 마음작용을 가리켜 바로 마음자리를 본다'고 하는 것이다. 즉 손가락(작용)을 통해 달[見性]을 보는 것처럼. 그때의 '견성'은 내 안에 있는 그게(이뭣고) 그것인 줄 깨달아보는 본각本覺인 것이다. 그것은 내 안에 이미 완비되어 있다. 우리는 매 순간 그것을 쓰면서도 그게 그건 줄 모르고 산다. 칸트는 그것을 '선험형식'이라고 지적했다. 결국 불교의 선문답도 자신의 '그것'을 드러내는 것뿐이다."(298쪽)

선험은 보편타당한 것을 말하고 경험은 보고 듣고 체험하는 것을 말한다. 이 정의만 가지고 보면 선험을 본체, 본래 성품, 마음자리, 경험은 마음작용으로 보면 이해하기 쉽다. 거기에 체용體用 관계까지 연결되니 더욱 명료하다. 그러나 칸트의 철학에서 선험과 경험의 관계로 체용의 관계를 풀 수 있을까? 이는 좀 더 탐구해봐야 할 부분이다. 마찬가지로 칸트의 선험형식을 견성을 하는 도구로 봐도 될까? 견성이란 마음자체, 마음자리를 보는 것으로 이는 온갖 생각이 멈춘 그 순간 잠깐 드러나는 고요한 마음, 우주적 마음을 보는 것이다. 그런데 칸트의 선험형식이라면, 대상을 인식할 때 필터링하는 시공간이라는 틀이 아니던가? 필자의 짧은 견해로는 아직 이해가 안 된다. 여기서 중요하게 보아야 할 점은 이 마음자리를 마주하게 되면 주객을 넘어서서 전 우주를 포괄하는 마음을 보는 것이기에 개개인의 마음은 허깨비이며, 그 허깨비가 고통을 만들고 있다는 것이라.

개개인의 마음은 바로 허깨비와 같다. 그러나 많은 이들이 이를 몰라 마음에 묶여 고통 속에 산다. "인생의 꿈에서 깨고 나면, 그때 비로소 일체 마음활동이 꿈이었음을 알게 되는 것처럼, 인생은 한바탕 꿈이다. 마음을 다친 예술가들이 이 같은 사실을 진작 알았더라면 자기 마음에 속는 일은 없었을 것을"(293~294쪽)이라는 작가의 말에서 깊은 안타까움이 느껴진다.

"유구有求면 유고有苦, 무구無求면 무고無苦." 무언가를 구하려는 마음작용이 고통을 일으키고 있다는 가르침을 만난 작가는 삶의 고통을 이겨낼 수 있는 길에 들어섰지만, 이러한 가르침을 만나지 못한 마음을 다친 예술가들은 그 고통에 매몰되었다. 마음의 실체는 없지만, 그 작용은 실로 복잡하여 붙잡으면 붙잡을수록 늪처럼 빠져들어 죽어도 완전히 사라지지 못하고 고통 속에서 윤회하게 된다. 그러므로 내 안에 평지풍파가 일어나면 마음이 없는데 파도가 일어나는 것임을 알아차려야 한다.

죽음-고통의 소멸

삶의 고통을 제거할 수 있는 깨달음을 얻었다 하더라도 죽지 않으면 깨달음, 모든 고통의 소멸은 완성되지 않는다. 그러나 죽음은 두렵다. 어쨌든 나의 존재의 단절이기 때문이다. 그래서 삶을 살아가는 이들은 죽음이라는 화두를 계속 쥐고 있을 수밖에 없다. 작가의 철학적 내공은 죽음과 이와 관련된 담론들, 신과 자연을 서술할 때 더욱 빛을 발한다. 각 종교와 철학자들의 죽음에 대한 이야기를 소개하면서 작가는 독자들을 죽음이 별것 아닌 사건이며, 오히려 태어났던 본원으로 돌아가는, 평온함을 주는 일이라는 생각의 길로 안내한다.

대표 종교인 기독교는 육체의 죽음을 형벌로 보고 영혼은 불멸하는 것으로 본다. 그리고 예수와 계약을 맺은 이들은 이후 예수

재림시 부활하게 된다. 불교의 죽음은 윤회를 통해 새로운 탄생으로 이어지거나, 깨달음을 통해 죽음이 없는 상태에 이르는 것이다. 유교에서 죽음은 우리 몸의 기가 소진하여 흩어져 하늘과 땅으로 각각 해체되는 것을 말한다. 도교에서는 불로장생을 꿈꾸기는 하지만, 죽음을 자연의 하나의 과정으로 본다.

작가가 소개한 철학자들의 의견은 크게 두 가지이다. 하나는 죽음은 아무것도 아니라는 주장이며, 다른 하나는 죽음은 실체로 돌아가는 것이라는 주장이다. 에피쿠로스는 죽었을 때는 이미 내가 없으므로 죽음은 없다고 하였고, 루크레티우스는 이에 한 걸음 더 나아가 죽음은 우리에게는 아무것도 아니라고 하였다. 죽음은 존재의 소멸이므로 결국 소멸하는 자에게 죽음이란 아무런 의미가 없는 것이 된다. 마티유 리카르는 "죽음은 친구 같은 존재, 삶의 한 단계, 단순한 옮겨감일 뿐입니다"(367쪽)라고 말한다. 리카르는 티베트불교 승려이기에 그의 죽음관에는 티베트 전통의 환생과 윤회가 반영되어 있다. 그렇기에 죽음은 삶과 분리된 것이 아닌, 삶의 또 다른 단계이며, 이는 일종의 이사와 같다. "결국 한 개인의 죽음이란 '자연'으로 회귀하는 것이다. 소우주가 대우주에 편입되는 사건이다."(377쪽)

죽음이란 우리가 생각하는 단순한 단절과 부정이 아닌 자연의 과정이며, 본질로의 회귀이다. 여기에서 한 걸음 더 나아가, 작가는 터부시되는 자살의 문제를 과감히 논한다. 그렇다면 자살도 자연의 과정일까? 작가는 롤랑 바르트, 들뢰즈 등의 사례를 들고 흄의 말을 빌려 자살도 자연의 과정으로 본다. “살 만한 동안에는 어느 누구도 삶을 져버리지 않을 것이라고 나는 믿는다. 그러나 삶이 우리가 짊어질 수 없는 짐이 된다면 우리가 자살을 택하는 것은 정당하다”고 흄은 생각했던 것이라고.(400쪽) 자살도 죽음이며 결국은 본질로 돌아가는 것이기 때문에 자연에 위배된다고 볼 수 없다. 작자의 합리적인 설명은 광기와 우울로 인해 자살로 생을 마감한 예술가들을 구원한다.

죽음은 개별자들을 본원으로 되돌아가게 하는 것이다. 그 본원이란 자연, 본질, 대우주이다. 노자와 주역에서 말하는 도이기도 하며, 성리학에서의 리이며 태극이다. 변화와 조화를 주재하고 작용을 하는 근원자이기에 개인은 이와 하나되는 체험 속에서 우주만물 일체와 하나가 된다. 동양철학에서는 익숙한 논의인데 작가는 이것이 동양만의 사유가 아닌 서양에도 존재함을 스피노자와 스토아주의자들, 융을 통해 보여준다. 자기 자신과의 일치에 삶의 의미를 부여한 스토아주의는 인간이 자연과 합치될 때 인간과 자연의 법칙이 서로 연결되어 자기 자신과의 일치가 가능하다고 했다. 정신의 문제를 의식과 무의식의 불합치에서 보았던 융은 이를 해결하기 위해서는 무의식을 의식화시켜 마음의 전일성을 회복할 것을 말한다. 전일성의 회복이란 본원과의 일치이다.

오랫동안 주역을 강의해온 작가는 모든 논의를 주역의 일자로 통합하여 정리한다. 모든 것은 일자에서 생겨나 일자로 돌아간다. 개별적 현상으로 분리되어 존재하다가 다시 우주적 본질로 돌아간다. 현상의 관점에서 개체는 소멸이지만, 본질의 관점에서 보면 생성도 소멸도 없는 그냥 그 자리에서 가고 온 것일 뿐이다. "한평생을 돌고 돌아 한 발자국도 옮기지 않았네. 본래 그 자리, 그것은 천지 이전에 있었네." 이렇게 모든 화두는 "본래 그 자리"에서 타파된다.

『본래 그 자리』는 삶과 죽음이 실은 시작과 끝이 없는 대자연의 현상일 뿐이며, 죽음은 태어난 바로 그곳, 본래 그 자리로 되돌아감이라는 메시지를 담담하면서도 설득력 있게 전달하고 있다. 동서양의 철학을 넘나들며 무아와 존재, 마음, 신, 자연, 죽음 같은 철학적 주제들을 깊고 풍성하면서 쉽게 이야기해주기에 읽으면서 얻게 되는 지적 기쁨도 크다. 작가가 안내하는 길을 따라 삶의 고통들을 마주하고 자아와 마음에 대한 분석을 통해 고통의 원인들을 파악하고 죽음에 대한 설명을 따라가다보면 근원적 고통인 죽음의 불안조차도 가벼워지는 느낌이다.

—

지혜경 | 이화여자대학교에서 사학을 전공하고, 연세대학교 대학원에서 동양철학(불교철학)으로 석사와 박사학위를 받았다. 버지니아 주립대학교에서 방문연구원으로 머물면서 '한국종교(팀티칭)'와 '일본종교'를 가르쳤다. 상명대, 경인교대, 연세대 등에서 철학을 가르쳤으며 현재는 연세대학교 철학연구소 연구원으로 활동하며, 강남대와 서울시민대학에서 동양철학을 배우며 삶의 문제를 고민하는 수업을 진행하고 있다. 대중들과 호흡하는 철학에 관심이 많아 응용불교와 대중을 위한 글을 쓰고 있다. 주요 논문으로는 『가상현실 시대에 불교는 어떻게 응답해야 할까』, 『철학상담방법론으로서의 선불교 수사학』, 『A Rhetoric of Zen in contemporary Korean Buddhism-Pomnyun's Quote』 등이 있다.

시간의 강은 저 언덕 너머 반야로 흐른다

김은중/ 문학평론가, 철학자

1. 바라밀다波羅蜜多와 인우구망人牛俱忘

1.1. "내가 갈 수 있다면 어디로 갈 것인가? 내가 만약 존재할 수 있다면 나는 무엇일 것인가? 내가 목소리를 가지고 있다면 무엇을 말할 것인가? '가는 것', '있는 것', '말하는 것'. 그의 작품에서 등장인물은 언제 어디서나 '여정'의 인간, '부동성'의 인간, '독백'의 인간이었다."[1)]

사무엘 베케트의 물음에 대한 답을 행심반야바라밀다行深般若波羅蜜多에서 찾는다. 행심반야바라밀다, 심오한 반야바라밀다를 행하다. 관음보살은 마음의 눈을 열어 반야의 철학을 깨달은 데서 그치지 않고 반야를 몸소 실천했다. 우리도 깨닫고 실천함으로써 베케트의 질문에 답할 수 있다.

1) 「사무엘 베케트씨에게」.

1.2. 먼저 개념에 대한 이해가 필요하다. 프라즈나prajñā, 한역하여 반야般若는 밝음, 슬기, 깨달음 등을 포함하는 지혜이다. 그것은 법의 이치를 깨달은 최상의 경지며, 우리의 참모습에 눈을 뜸이다. 또한 반야는 우리 마음의 작용이다. 현상의 이치와 선악을 명료하게 판단하고 추리하는 마음작용, 대상을 있는 그대로 직관하는 마음작용, 현상을 있는 그대로 주시하는 마음작용, 온갖 차별을 명료하게 아는 마음작용 등이다. 바라밀다pāramitā는 '저 언덕을 넘어간다'이다. 바라밀다는 궁극적으로 지혜의 눈을 뜨는 것이며 모든 문제가 해결된 상태, 곧 지혜의 완성이다. 저 언덕을 넘어가는 우리에게 붙어 있는 것은 시간이다. 시간의 지속은 모두 공인 오온五蘊덩어리 인간의 현실적 정체성을 유지한다. 그래서 우리는 시간의 강가에서 흘러간다.

1.3. "연기에 의해 가합假合된 이 몸은 본래 공한 것. 따라서 이 몸에는 '나'도 없고 '주재主宰'도 없다."[2)]

베케트는 이렇게 말했다. "무無보다 더 실재적인 것은 아무것도 없다." 그것은 '선사의 오도송'[3)] 같은 말이다. 몽테뉴의 경우도 그러하다. "나의 실체를 정확히 보려는 것에서 출발한 그의 명상이 도달한 곳은 무심과 평정심이었으며 그의 『에세』는 엄격한 자기

2) 「몸을 붙들고」.
3) 「사무엘 베케트씨에게」.

점검과 성찰로 이어진 수행의 여정이었다."[4]

베케트와 몽테뉴도 반야를 얻었다. 반야를 얻은 이는 성불하여 부처의 경지에 이른다. 반야는 존재의 실체를 텅 빈 것이라고 바로 아는 것이다.

1.4. 바라밀다波羅蜜多는 인우구망人牛俱忘의 경지이다. 鞭牽人牛盡屬空(편견인우진속공), 채찍·고삐·사람·소 모두 공空으로 돌아갔다. 그런 뒤에야 깨달음을 구하지 않으며 깨달음이 없는 곳에 미혹되지 않는다.

1.5. "내면의 떫은 것을 익혀내는 저 발열發熱과 인고忍苦의 시간, 홍시는 늙어서 그저 완성된 것이 아니었다."[5]

홍시는 그저 익지 않는다. 우리는 모두 부처이지만 저절로 부처가 되는 것은 아니다. 발열과 인고는 깨달음에 더한 실천이다. 모두 공으로 돌아감은 실천으로 이루어진다. 바른 인식 위에 바른 실천이 있다. 소크라테스의 arete, 아리스토텔레스의 phronesis, 행심行深이 같은 울타리 안에 있다. 우리는 저 언덕을 어떻게 넘을 것이며, 그곳에서 무엇을 발견할 것인가? 시간의 강가에서는 어떻게 반야를 전하는가?

---

4) 몽테뉴의 『수상록』.
5) 「홍시」.

2. 오온五蘊은 모두 공空이다

2.1. 붓다는 "몸으로 최상의 진리를 실현한다"고 했다. 색色·수受·상想·행行·식識.[6] 오온五蘊은 인간을 구성한다. 색온은 형태가 있는 물질인데 여기서는 육신으로 해석된다. 수온·상온·행온·식온은 정신으로서 식온이 중심에 있고[心王] 수·상·행은 식 위에 나타난다[心所]. 색色·수受·상想·행行·식識은 인간의 몸과 마음에 쌓여 있으니 실제로 있는 것처럼 보인다. 오온성고五蘊盛苦, 정신세계와 물질세계가 지나치게 성성盛盛하면 고통이 따른다. 내가 취하면 취할수록 고통의 양은 커진다.

2.2. 인생살이에는 고락苦樂이 교차한다. 선을 짓는다고 락이, 악을 짓는다고 고가 오는 것이 아니다. 선악의 업이 인생의 고락을 만든다. 삶에는 고락이 교차하는 것처럼 보인다. 실제로 삶은 사고四苦[7]에 사고四苦[8]를 더해 팔고八苦에서 신음한다. 오온이 모두 공임을 깨닫지 못하고 락에 집착하기 때문이다. 락에 집착하니 고가 온다. 락을 여의면 고도 여읜다. 오온을 내려다보니 모두 공이다. 락도 공이다. 그것을 깨달으면 모든 고액을 건넌다.

2.3. "꾸악! 그때 프랑스의 시인 르나르의 시구가 떠올랐다. '꾸

---

6) 색色(물질)·수受(감각)·상想(지각)·행行(의지와 행함)·식識(인식 작용).
7) 생노병사生老病死.
8) 애별리고愛別離苦, 원증회고怨憎會苦, 구부득고求不得苦, 오음성고五陰盛苦.

아 꾸아/ 아무것도 아니다' 그는 꾸아 꾸아quoi quoi(무엇인가 무엇인가)에 단답을 붙였다. '아무것도 아니다.'"[9]

반야라는 절대적 실재는 '아니다 아니다'로만 인식된다. 오온을 부정함으로써 또는 무상함을 앎으로써 발견되는 공이 궁극적인 실재이다. 그것은 조견오온개공照見五蘊皆空을 앎이다. 몸과 마음을 밝게 비춰보니 모두 텅 비었다.

2.4. "완성이란 시간의 변화가 아닌 영적 변환인 것을"[10]

완성은 오온이 공함을 아는 것이다. 오온개공을 아는 순간에 오는 것은 오悟이다. 붓다는 이렇게 오도송을 읊었다. "많은 생을 윤회하면서 나는 치달려왔고 보지 못했다. 집 짓는 자를 찾으면서 괴로운 생이 거듭되었다. 집 짓는 자여, 이제 그대를 보았구나. 그대 다시는 집을 짓지 못하리. 그대의 모든 기둥들은 부러졌고 서까래는 내려앉았다. 마음은 업 짓기를 멈추었고 욕망은 부서져버렸다."[11] 집은 몸이고 기둥은 무명이며 서까래는 오온이다. 붓다는 무명과 오온이 해체되고 나서 공을 깨달아 열반에 이르렀다. 붓다는 오온의 해체와 업의 멈춤을 시간의 흐름으로 얻은 게 아니라 영적 변환을 통해 알았다.

---

9) 「까마귀」.
10) 「홍시」.
11) 『법구경』.

2.5. "「몸을 경멸하는 자들에 관하여」라는 제목이 붙은 글에서 그는 짜라투스트라의 입을 빌려 '고스란히 몸인 인간이 근원적이며 궁극적으로 깬 자'임을 역설한다. 나는 이 대목에서 한참을 멈춰 있었다. 어딘가를 향해 그에게 경배라도 하고 싶었다. '몸으로 최상의 진리를 실현한다'는 붓다의 말씀과 그의 '몸인 인간이 궁극적으로 깬 자覺者'임을 역설한 그것이 다르지 않았기 때문이다."[12]

붓다는 몸과 정신 모두가 개인의 정체성을 구성한다고 생각했다. 연기緣起의 가르침에 따르면 정신[名]과 물질현상[色]은 서로 의존하면서, 의식識을 발생시키거나 눈·귀·코 등의 여섯 감각 장소六入를 통해 구체적인 경험을 가능하게 한다. 따라서 붓다는 몸과 정신 모두를 인정했으며, 둘 모두에 대해 집착 없이 살아갈 것을 말했다. 붓다는 경험세계 일반을 오온으로 나누고, 오온에 대해 무상無常·괴로움苦·무아無我라는 동일한 양식으로 통찰했다. 그것은 '물질현상이 아닌 것(수·상·행·식)들'에 대해서도 물질현상과 똑같이 취급하는 것이다. 그러나 이것이 물질주의를 편드는 것은 아니다. 붓다의 가르침은 늘 열반의 경지를 지향했다. 몸에 대한 정신의 우월적 지위를 포기하면 '몸의 중심성'으로 돌아간다. 이것은 색·수·상·행·식이라는 오온의 배열 순서에서 확인된다. 몸에 해당하는 물질현상은 처음에 등장하지만 맨 마지막에 등장하는 의식은 느낌이나 지각 따위의 정서적 과정을 거친 후에 분명해진다.

---

12) 「간시궐」.

정신적 활동은 몸과 몸의 활동으로 형성되는 신체적 층위의 경험으로부터 확장되어 나온다.

2.6. "산다는 것은 늙음으로 향하는 길, 늙는다는 것은 완성으로 가는 길일까? 그렇지만은 않은 것 같다."[13] 그것을 아는 나는 이렇게 외친다. "밤과 낮이 맞물리는 지점, 낮이 밤 속에 몸을 묻는 시간, 나는 지금 그 어슴푸레함 속에 가라앉고 있소. 어둠은 존재의 장소, 불현듯 내 안에 농익은 석류알처럼 돌기된 어느 부분들이 일어나 장열하게 산화하고 싶어하오."[14]

오온의 나를 공으로 해체하며 오온의 내가 공으로 함몰된다. 오온개공을 아는 것은 저절로 되지도 않고 저절로 깨달아지지도 않는다. "아득히 펼쳐진 이 세상의 초원에서 우거진 숲을 헤치고 소를 찾아나섰다. 이름 없는 강을 따라가다가 첩첩산중에서 길을 잃었구나. 힘은 빠지고 마음은 피로한데 소를 찾을 수가 없도다. 단지 들리는 것은 늦저녁 나뭇가지에서 매미 우는 소리뿐."[15]

2.7. 유마거사가 문수보살에게 물었다. "보살이 불이不二에 들어간다는 것은 어떤 것인가?" 문수가 대답했다. "일체법에 대해 말없이 설하지 않고 제시하는 바도 없고, 무언가 식별하지 않으며

13)「홍시」.
14)「사무엘 베케트씨에게」.
15) 곽암의 게송「심우尋牛」.

또 갖가지 문답도 않고 가만히 있는 것, 이것이 불이에 들어가는 것이다."

이번에는 문수가 유마에게 물었다. "당신도 불이의 법문에 대해 말해달라." 그때 유마는 묵연히 말이 없었다. 그러자 문수가 말했다. "좋다. 좋다. 글자도 말도 없다. 마음의 작용도 없다."16) 불이의 법문은 마음이나 언어로 잡히지 않는다.

2.8. "왜?라는 커다란 물음 앞에 인생은 정말 아무것도 아닐 수 있다."17)

오온이 있음을 보고 인간이 있다고 생각할 수 있다. 하지만 인간이라는 존재를 한꺼풀 벗기면 몸과 마음은 텅 비어 있다. 현상적으로 나라는 존재가 있는 것처럼 보이지만 실상은 자아가 없다. "모든 것이 실재하지 않는다. 그러니 걱정할 필요가 없다. 애써 구별할 필요가 없다. 마음속에 나타나는 것은 모두 실재가 아니다. 마음은 실재하지 않는 것들이 모인 곳이다."18)

3. 공空은 무집착의 모습이다

3.1. 『반야심경』은 이렇게 말한다. "이 세상 일체의 현상들은 영

---

16) 『유마경』.
17) 「까마귀」.
18) 오쇼 강의, 『십우도』.

원불변하지 않다. 시간의 흐름과 장소에 따라 변화무쌍하게 유전할 뿐이니 일정한 실체가 없는 비어 있는 것이다空.[19] 삼라만상은, 물질적인 현상色으로 우리에게 다가오지만, 실체가 없이 비어 있다空. 비어 있음空이 물질적인 현상色을 떠나 따로 있지 않으니, 있고 없음이 다르지 않다. 있음은 없음이며, 없음은 있음이다. 감각受·지각想·의지行·인식識도 마찬가지여서 있는 것처럼 보이지만 실상은 텅빈 것이며, 텅빔 속에서 있는 것처럼 끊임없이 나타날 뿐이다."『반야경』에서는 깨달음과 열반을 포함해 일체에 대한 무집착의 모습을 공이라고 불렀다.[20] 용수를 필두로 하는 중관학파의 논사들은 '공'이라는 진리 표현을 하는 목적이 모든 희론戱論[21]을 소멸시키는 것이라고 말한다.[22]

3.2. "있음이 곧 텅빔卽有卽無이고 텅빔이 곧 있음卽無卽有이다. 공즉시색空卽是色이므로 허무가 진실인 것이다. 말라르메는 허망한 꿈을 깬즉 그것이 모두 자신의 욕망과 집착임을 자각하고 그것의 비실체성空性을 통찰함으로써 그로 인한 번민으로부터 벗어나고자 한다."[23]

---

19) 공의 뜻과 쓰임은 원시불교, 부파불교, 대승불교, 중관학파, 유가행파, 중국불교 등에서 조금씩 다르다. 반야경이 중국으로 건너오면서는 노자와 장자에 의해 수립된 무에 기반을 두고 공이 해석되었다. 엄격하게 말하면 무와 공은 같지 않다.
20) 이노우에 위마라 외, 『불교심리학 사전』.
21) 여러 갈래로 퍼진 사유와 언어, 진리에 어긋난 사유와 언어.
22) 『불교심리학 사전』.
23) 「말라르메의 부재不在 인식과 허공 꽃」.

공을 존재의 핵심으로서 다룬 『아함경』에서는 이렇게 적었다. "어떤 것이 거기에 존재하지 않을 때, 어떤 것이라는 그곳은 공이라고 본다. 그러나 한편으로 거기에 무언가 남겨진 것이 존재할 때, 그것은 바로 실재한다고 본다."[24] 공은 존재하지 않음이며, 무엇인가가 없어진, 아무것도 없는 괄호이다. 그것은 숫자 0의 안이 텅빈 것과 같다. 궁극적인 실재는 ( ) 또는 0인 공에서 발견된다. 절대는 '아니다 아니다'에 의해서만 인식된다. 오온을 부정함으로써 또는 무상함을 앎으로써 발견되는 공이 궁극적인 실재이다. "업과 번뇌가 없어지는 것이 해탈. 업과 번뇌는 분별로부터, 그것들은 희론으로부터. 희론은 오직 공성에 의해 사멸된다."[25] 초기불교에서 지혜의 성취는 탐진치貪瞋癡의 모든 번뇌 또는 집착으로부터 벗어남의 상태를 뜻했다. 지혜는 붓다를 깨달음에 이르게 한 연기를 가리켰다. 따라서 연기는 불교 가르침의 핵심이며 연기법을 아는 것은 지혜를 얻는 것이었다. 시간이 흘러 용수는 연기법을 인정하면서 한편으로는 제거되어야 할 모든 번뇌는 희론이며 희론은 공성에 의해 사라진다고 했다. 공은 연기의 진리를 새롭게 해석한 것이었다. 연기는 공[26]이며 모든 연기적 존재는 무자성 존재이다. 그러나 공이 연기는 아니다. 모든 법은 연기에 의해 생겨

24) 『중아함』의 「소공경小空經」.
25) 『중론』, 18-5.
26) 『중론』, 24-18.

나며 따라서 모든 법은 공하다.[27] 모든 존재는 무자성이다.[28] 따라서 모든 존재는 공이다. 모든 존재는 연기생이며 연기생은 무자성이며 무자성은 공성이다.

3.3. 『우파니샤드』의 범아일여梵我一如와 『반야심경』의 색즉시공色卽是空이 다르다. "윤회의 종식은 범아일여로써 가능하다. 그것은 아트만我을 직관하여 최고 실재인 브라흐만梵 그 자체가 되는 것이다. 원래부터 브라흐만과 아트만은 같은 것, 범아일여였다. 모든 욕망을 남김없이 버리고 명상에 의해 정진해 아트만의 본질에 전념하는 자는 진실한 아트만을 직관한다. 브라흐만과 아트만이 같다는 가르침을 깨닫는 것, 그것이 해탈이다. 이제 다시 윤회하는 일은 없다."[29] 『우파니샤드』는 나의 본질인 아트만은 언제나 변치 않고 그대로라고 주장하며, 행위자와 그 과보를 받는 자를 일치시킨다. 행위를 한 자, 과보를 받는 자 모두 나의 아트만이다. 불교는 영원불멸의 아트만을 부정한다. 불교의 무아는 아트만이 없음을 말하는 것이다. 그것을 설명하는 온이 오온이다. 용수는 『인연심론석』에서 "윤회는 이전 생의 오온을 원인으로 하여 또 다른 오온이라는 결과가 생한다는 태어남의 반복을 뜻하지

---

27) 『중론』, 24-19 의지하여 발생하지 않는 어떤 법도 존재하지 않기 때문이다. 그러므로 공하지 않은 어떤 법도 존재하지 않는다.
28) 조해정, 「플라톤의 덕론과 용수의 공의 윤리학」.
29) 이재숙 옮김, 『우파니샤드』.

만, 이 생에서 저 생으로 옮겨가는 것은 아무것도 없다"라고 한다. 여기서 주목할 것은 오온의 이어짐은 있으나 다른 생으로 영속하는 오온은 없다는 뜻이다. 그럼으로서 불교는 『우파니샤드』가 말하는 범아일여로서의 해탈이 아니라 공으로서의 해탈을 말한다.

3.4. "스크린 속에 포개진 남녀의 시신은 에스메랄다와 '노트르담의 꼽추' 콰지모도였다. 영화의 마지막 장면에 'sand'라는 글자가 퍽 인상적이었다. 모월모시, 우리의 존재도 그와 같이 해체되고 말 것이다. 허공에서 쏟아져 내린 글자에는 모래, 바람, 풍화, 먼지, 무無가 나풀대는 것이었다."[30)]

"여러 부속품을 조합한 것을 세간에서 수레라 하는 것처럼, 오온이 인연에 의해 화합한 것을 임시로 '나'라고 부른다."[31)] 이 비유는 오해하기 쉽다. 수레로 조립되기 전에 바퀴나 축과 같은 부품이 먼저 있었고 수레가 해체된 뒤에도 그대로 있다. 내가 오온의 결합체라고 하면 내가 있기 전에 오온이 먼저 있었고 내가 죽은 뒤에도 오온은 그대로 있다. 실제로 부파불교의 설일체유부는 이렇게 오해했다. 그러나 공은 그렇지 않다. 해체되면 아무것도 없다. 색이 공이고 수·상·행·식도 마찬가지라 함은 인간이 해체된 뒤에도 색·수·상·행·식은 마치 수레의 부품이 남듯이 남는 게 아니라

30) 「모월모시」.
31) 『잡아함경』.

오온 자체가 공으로 해체 또는 함몰된다. 허공에서 쏟아져 내린 글자에 모래, 바람, 풍화, 먼지, 무無가 나풀댄다고 표현한 것은 공이 그렇다는 것이 아니다. 그것은 단지 비유적 표현일 뿐이다.

3.5. "붓쵸 선사가 제자인 바쇼에게 물었다. '푸른 이끼가 아직 생겨나기 전, 봄비가 아직 내리기 전의 진리는 무엇인가?' '해묵은 연못이여, 개구리 뛰어드는 물소리'라고 그는 답했다." "별안간 '첨벙' 하며 개구리 뛰어드는 물소리에 그만 정적이 깨어지고 마는 느낌, 동으로서 정을 깬 선적 파격이다. 해묵은 연못의 고요는 모든 법이 움직이지 않는 본래적 도의 자리. 그것을 본체라고 한다면, 첨벙 뛰어드는 개구리의 동작은 현상적인 작용이라고 할 수 있다. 본체는 해묵은 연못의 고요다. 그러니까 푸른 이끼가 아직 생겨나기 전, 봄비가 아직 내리기 전의 진리는 개구리가 정적을 깨기 전의 해묵은 고요, 본래적인 그 자리다. 도는 덕의 작용으로써 드러나고 무는 유에 의해 드러난다. 그러니 있음과 없음은 둘이 아닌 하나로 보아야 한다. 연못의 공과 개구리의 색, 그 또한 공즉시색으로 즉해 있지 않은가?"[32]

태어남과 죽음. 태어남은 해묵은 연못에 개구리 뛰어드는 물소리이다. 그 연못을 드나들며 헤엄치며 살다가 연못과 하나가 되든지 연못 밖에서 마치든지 하면 개구리는 사라지고 연못만 남는다.

---

32) 「문답」.

"있음과 없음은 둘이 아닌 하나로 보아야 한다. 연못의 공과 개구리의 색, 그 또한 공즉시색으로 있지 않은가."[33)]

3.6. "흐름으로 인해 존재하면서 존재하지 않는다는 것, 있으면서도 없고, 없으면서도 있는 존재와 비존재, 모양 있는 것은 모양 없는 것의 현현이요, 모양 없는 것은 근본적 실재로 그 무는 바로 유의 근원인 셈이지요."[34)]

무 또는 공은 진여眞如이다. 진은 불변성이고 여는 가변성이다.[35)] 그것은 있으면서도 없고, 없으면서도 있는 것이다. 진과 여, 실재와 비실재가 공에 동시에 있다.[36)] 따라서 세상에 존재하는 일체의 현상들은 영원불변하지 않다. 시간의 흐름과 장소에 따라 변화무쌍하게 유전할 뿐이니 일정한 실체가 없이 비어 있다空. 불변성과 가변성을 함께 가짐은 형식논리학으로 볼 때 모순이다. 공은 논리를 초월한 무엇이다. 용수도 이렇게 말했다. "색이 따로 존재할 때 또한 바로 그 색의 원인도 또한 따로 존재하는 것은 옳지 않은 것 자체다. 색이 따로 존재하지 않을 때 또한 바로 그 색의 원인도 또한 따로 존재하는 것은 옳지 않은 것 자체다."[37)]

---

33) 「문답」.
34) 「사무엘 베케트씨에게」.
35) 무비, 『반야심경』.
36) 진여법眞如法은 본래 평등일미平等一味·무차별無差別이다.(『대승기신론大乘起信論』).
37) 『중론』, 4-4.

3.7. "천역의 이치를 일 년에 대입해보면 춘하추동이 되고, 인생에 대입하면 생로병사이고 우주에 대입하면 성주괴공이 된다. 우주도 생겨나서 직정시간 머물다가 어느 날인가는 붕괴되어 없어지고 만다고 천체물리학자들은 말한다."[38]

아낙시만드로스는 "무한정한 것이 있는 것들의 근원이다"라고 말했다. "무한정한 것으로부터 있는 것들의 생성이 있게 되고 다시 무한정한 것으로 있는 것들의 소멸이 필연에 따라 있게 된다. 왜냐하면 그것들은 자신들의 불의에 대한 벌과 배상을 시간의 질서에 따라 서로에게 지불하기 때문이다." 아낙시만드로스는 생성과 소멸의 운동을 말했다. 생성은 불의이며 소멸은 불의에 대한 벌과 배상이다. 오온은 공에 대한 배반의 사태이다. 아낙시만드로스가 무한정한 것to apeiron에 대해 속성이나 정의를 말하지 않지만 '무한정하다'는 표현 자체만으로 그것은 공적인 것임을 상상케 한다. 색·수·상·행·식은 있는 것들이다.

아리스토텔레스는 아낙시만드로스를 해석하면서 "모든 것이 근원이거나 아니면 근원에서 나왔고, 무한정한 것의 근원은 없다. (무한정한 것의 근원이 있다면) 그것이 무한정한 것의 한계peras가 될 테니까. 게다가 그것(무한정한 것)은 일종의 근원이므로 생겨나지도 소멸하지도 않는다"[39]라고 말했다. 공은 생겨나거나 소

38) 「숲으로 가자」.
39) 아리스토텔레스, 『자연학』 제3부.

멸하지 않는다. 오온은 생겨나거나 소멸한다. 오온은 무상하다. 따라서 오온의 결집체인 인간은 무상하다.

3.8. 후설·하이데거·사르트르, 그리고 라캉은 각자의 방식으로 '환원' 또는 '탈존'의 방법을 세웠다. 후설은 지각이나 의식 밖에 있는 모든 것을 '기각'하거나 '괄호 안에 넣어야' 한다고 주장했다. 그는 우리가 외부세계를 의식으로 환원한다는 의미에서 이 과정을 '현상학적 환원'이라고 불렀다. 하이데거는 인간은 항상 특정한 상황으로부터 세상을 인식하지만, 인간의 가장 근본적인 욕망은 그 상황을 초월하거나 극복하는 것이라고 했다.

하이데거는 주체로서 인간은 물리적 시간과 공간 속에 있으나 다음 순간 인간은 그 자신을 미래로 '기획'한다고 말한다. 인간의 주체성 또는 존재라고 부르는 것은 세계와 미래 속으로 인간 자신을 투사하는 끊임없는 과정을 수반한다. 그는 인간의 의식을 생각과 영상으로 구성된 내부 세계가 아니라 외부로 투사하는 끊임없는 과정, 곧 '탈존'이라고 보았다.

사르트르는 자기의식은 본질적으로 '무'인 반면에 자아는 주체에 의해 지각된 세계 속의 대상이라고 말했다. 후설의 의식 밖에 있는 것은 환원을, 하이데거의 의식은 탈존을, 사르트르의 의식은 무無를 지향한다. 이들을 기반으로 라캉은 현상학적 용어인 탈존과 무를 의식의 영역으로부터 무의식의 영역으로 이동시켰다. 후설의 환원의 지향점, 하이데거의 탈존의 지향점, 사르트르의 자아의 지향점, 라캉의 의식의 지향점 등은 모두 언어로써 설명될 수 없다. 그들은 다른 개념을 사용하지만 말하는 것은 같다.

4. 죽음은 공과 해탈에 대한 이야기이다

4.1. "아버지 장 프랑수아가 아들에게 또 묻는다. '죽음은 두려운 것이냐?' '아니요. 죽음은 친구 같은 존재, 삶의 한 단계, 단순한 옮겨감일 뿐입니다.' '단순한 옮겨감' 나는 다시 반복해서 소리 내어 읽었다."[40]

"나약한 존재인 인간은 가장 확실한 사실인 자신의 죽음을 부인하려 하죠. 바로 그 죽음이 삶에서 가장 가치 있는 것들을 실현하도록 동기를 부여해준다는 걸 깨닫지 못하고 말입니다. 인간은 어둠 속으로 들어가는 것을 두려워하며, 미지의 것에 대해 공포를 느낍니다. 그래서 그 두려움을 극복하는 유일한 방법으로 앞으로 살아갈 날들이 제한되어 있음을 잊어버리는 거죠. 죽음을 의식함으로써, 죽음을 피할 수 없음을 깨닫는 순간부터 아무것도 잃을 것이 없기에 더욱 용감해지고 더 멀리까지 정복해나갈 수 있게 된다는 것을 이해하지 못하는 거죠."[41]

---

40) 「죽음은 단순한 옮겨감일 뿐이다」, 『본래 그 자리』.
41) 파울로 코엘료, 『순례자』.

인간에게 가장 두려운 것은 죽음이다. 살아 있는 것들 가운데 죽음을 아는 지구상의 유일한 종은 인간이다. 그것이 인간을 고귀하게 만든다. 인간만이 철학을 하는 이유도 죽음에 대한 의식 덕분이다. 공을 깨달음은 이것을 초월함이다.

4.2. “무아를 아는 것, 이것이 ‘대반야바라밀’이다. ‘생사는 본래 그대의 것이 아니기 때문’이라는 그의 말을 나직이 뇌어본다.”[42] “목탄화로 그려진 창밖 풍경, 그것도 내게는 가설무대의 배경 같다. 무거워진 눈꺼풀을 감는다. 흑단새 한 마리, 지나간다.”[43]

가설무대는 오온이다. 그 가설무대로부터 날아가는 곳은 공이다. 그곳으로 흑단새가 길잡이 된다. 공을 깨달음은 죽음을 깨달음이다. 하지만 “깨달은 경지에서는 더 이상 죽음이 존재하지 않는다. 일찍이 난[生] 적도 없고 죽지도 않았으니까.”[44] 다만 그것은 본래 그 자리로 돌아감이며 소와 나를 둘 다 초월함이다. 그래서 “소를 타고 집으로 돌아오니 사람은 한가롭고 소 또한 편히 쉬네”[45]와 함께 있다.

장자가 곧 죽게 되었을 때에 제자들은 그를 성대하게 장사 지내려 했다. 장자가 말했다. “나는 하늘과 땅으로 널을 삼고, 해와 달

42) 「몽테뉴의 ‘수상록’」.
43) 「까마귀」.
44) 「죽음에 대한 통찰」『본래 그 자리』.
45) 곽암의 게송 「심우尋牛」.

로 한 쌍을 구슬을 삼으며, 별로 많은 치레 구슬을 삼고 만물로 제물을 삼는다. 나를 장사 지낼 기구가 어느 것이 모자라는가? 무엇을 더 보태야 하나?" 제자가 대답했다. "저희들은 까마귀나 소리개가 선생을 먹을까 두려워합니다." 장자가 말했다. "땅 위에 있으면 까마귀나 소리개의 밥이 되고, 땅 밑에 있으면 땅벌레나 개미의 밥이 된다. 저것에게서 빼어 이것에게 준다니 어찌 그리 편벽되느냐?" 장자의 제자들은 스승을 까마귀가 먹을까 걱정했다. 관여 선생은 까마귀를 오온으로부터 공으로 인도하는 인도자로 보았다. 까마귀와 오온이 불일불이하다.

4.3. "몸은 해탈의 도구이다. 붓다가 제시한 사념처의 수행은 덧없는 몸의 부정관으로부터 시작한다. 몸이나 느낌 따위를 있는 그대로 관찰하다 보면 마침내 사성제라는 고귀한 진리를 실현하여 궁극의 완성에 이르게 되는데 마지막 멸성제, 갈애의 남김 없는 소멸로 완전한 깨달음에 이르게 되나니 이를 두고 붓다는 '몸으로 진리를 실현한다'고 한 것이리라."[46)]

용수는 이렇게 말했다. "생사를 오가는 사태는 의지하거나 연하는 어떤 것이다. '바로 그 의지하지도 않고 연하지 않는 것이 열반이다'라고 교시되었다."[47)] 그래서 보르헤스처럼 이렇게 말할 수

46) 「간시궐」.
47) 『중론』, 25-9.

있다. "화살은 무엇입니까? 화살은 우리 모두의 마음에 박힌 채 다니는 자아입니다. 중요한 것은 우리 몸에 박힌 화살을 뽑는 것입니다. 이것에 대한 자각이 해탈을 위한 중요한 관문입니다."[48]

4.4. "생의 본능을 에로스라 한다. 사의 본능은 타나토스. 에로스는 보존의 본능이요, 타나토스는 파괴의 본능이다. 내 안의 욕구는 정직히 말해 무엇이었던가? 프로이트는 에로스의 에네르기를 리비도라 하고 테로스의 에네르기를 타나토스 즉 죽음이라고 했다. 바람 앞에 가벼이 떠는 몸짓, 코스모스의 그것은 생이었을까, 사의 몸짓이었을까?"[49]

그래서 카뮈는 말하기를 "자기 스스로를 죽이지 않는 한, 삶에 대해서 입을 다물어야 한다"[50]고, "디테일 심리학의 오류. 자신의 모습을 찾는, 자신을 분석하는 사람들. 자신을 알고 자아를 확립하기 위하여. 사람은 일생을 두고 자신을 규정해간다. 자신을 완벽하게 안다는 것은 곧 죽는 것이다"[51]라고 했다. 에리히 프롬도 "심리적 및 도덕적으로 사람을 구별하는 경우, '죽음을 사랑하는necrophilous' 사람과 '삶을 사랑하는biophilous' 사람이라는 구별보다 더 근본적인 구별은 없다"고 말했다.[52] 인간이 삶에 애착하

---

48) 보르헤스, 『불교 강의』.
49) 「코스모스」.
50) 알베르 카뮈, 『작가수첩』 01.
51) 『작가수첩』 01.
52) 에리히 프롬, 『인간의 마음』.

고 죽음을 두려워하는 까닭은 아직 삶의 본능을 갖고 있기 때문이다. 삶의 본능은 개체의 지속을 추구한다. 반면에 죽음을 의식하므로 인간은 동시에 죽음의 본능도 갖고 있다. 삶의 본능은 능동적이고 죽음의 본능은 수동적이다. 동시에 죽음의 본능은 인간에 대한 현존재적 수긍이다.

4.5. "그[53]에게 글을 쓴다는 것은 자기 고독의 원천을 찾아가는 것이며 죽음에 상처받은 마음의 심층을 노정露呈하는 일이라고 생각된다. 가와바타 야스나리의 작품 하면 여행, 온천, 여관, 게이샤, 광대, 가설극장, 눈, 자살 등의 심상 이미지가 떠오른다. 그의 도달점은 고독, 허무, 도로徒勞의식, 세상이란 연극이 공연되는 가설무대로 귀결된다."[54]

"어린 아내를 먼저 보내고 3년 동안 고통스런 날들을 보내다 문학 강연을 마치고 귀가하던 중 포는 뉴욕 맨하튼의 볼티모어 거리에서 쓰러졌다. 병원으로 옮겨져 사흘 만에 정신이 든 그가 한 말은 이랬다. '오 하느님…… 우리가 보는 것은 한낱 꿈속의 꿈입니까? 꿈속의 꿈처럼 보이는 것입니까?'"[55]

오온개공. 삶과 죽음의 근원적 차이는 없다. "죽음이 바꾸어 놓

53) 가와바타 야스나리.
54) 「까마귀」.
55) 「까마귀」.

은 것은 다만 우리의 얼굴을 덮는 가면밖에 없다."[56] 오온이 공이라면 오온으로 이루어진 삶은 가설무대이다. 가설무대에 올라온 배우가 연기하는 것은 배우의 것이 아니다. 그래서 그가 연기하는 것은 고독과 허무 같은 것이다. 배우가 연기하는 것은 깨어나면 흩어질 꿈속의 꿈과 같다. 그래서 "'인생이란 꿈이며 세상이란 연극이 공연되는 가설무대'라는 그의 인식은 '꿈속의 꿈'이라는 포의 마지막 독백과도 일치한다."[57] 삶은 꿈이다. 그 삶 위에 가설무대를 꾸며놓고 연기하는 것은 꿈속에서 꾸는 꿈이다. 오쇼 강의는 이렇게 말했다. "소를 찾는 여행길은 죽음을 모르는 진짜 삶을 찾는 것이다. 영원한 삶만이 참된 삶이다. 그렇지 않다면 그대가 삶이라 부르는 것과 꿈이 다른 것이 무엇인가? 깊은 잠 속에서는 꿈이 다른 것들과 마찬가지로 현실적이다. 그대가 눈을 뜨고 보는 것들보다 더 실제적이다. 그러나 아침이 되어 잠이 깨면 흔적도 남지 않는다."[58]

4.6. "무로써 본체를 보고 유로써 현상을 보는 것. 수피에 흐르는 시간, 몸도 그것과 다르지 않다."[59]

오온에 매달린 것은 삶이고 공에 매달린 것은 죽음이다. 죽음

---

56) 칼릴 지브란, 『시인의 정원』.
57) 「까마귀」.
58) 『십우도』.
59) 「몸」.

으로써 본체를 보고 삶으로써 현상을 본다. 오온이 공이면 삶은 죽음이다. 이제는 낡은 얘기인데, 플라톤은 인간의 영혼이 죽음을 통해 완전해진다고 말했다. 죽음은 몸을 무화하기 때문이다. 따라서 철학은 죽음의 연습이다. 본체를 볼 수 있는 것은 무이고 현상을 볼 수 있는 것은 삶이다. 오온이 공과 같지만, 현상세계에 있는 오온은 색이다. 색은 시간의 강을 흘러 공에 이른다. 그 과정에서 일어나는 것은 오온의 무화, 그것은 플라톤에서 몸의 무화와 같은 것이며 몸과 결별한 영혼이 선의 이데아와 같아지는 것이다.

4.7. "죽음을 생각한다는 것은 다른 말로 자신의 존재와 마주하는 일일 것이다. 'Que Sais Je?'로 이어지는 끊임없는 그의 탐구법은 간화선의 화두 '이뭣고'와 다르지 않다. '나는 누구인가?' 내부로 향한 그의 명상은 아상我相을 지우고, 판단을 배제하며 마침내는 집착과 분별심마저 내려놓게 했다. 그의 정신이 도달한 지점이다."[60]

"죽은 사람은 새벽에 나고 산 사람은 새벽에 죽는다. 죽음도 삶도 옆에 있는 것이지만 가서 만날 곳이 없는 것이 죽음일 뿐이다. 사람은 그 죽음을 품에 안고 참으며 닭의 알처럼 삶을 낳는다. 그러니 죽음이 있어도 인간은 영원히 있는 것이다."[61]

---

60) 몽테뉴의『수상록』.
61) 김광섭,「인간은 영원히 있다」.

4.8. "아무것도 가질 수 없을 때, 나는 버리는 것부터 배웠다. 그 때문인지 세수하러 왔다가 물만 먹고 간다는 토끼처럼 도중에서 아예 목적을 버리고 마는 버릇, 투망投網을 하러 바다에 나갔다가 또 어획漁獲 그 자체를 버리게 되고 마는 것이었다. 그리하여 돌아오는 배에는 달빛만이 가득하다면 그것으로 좋았다. 무형無形의 그 달빛은 내게 있어 충분히 의미 있는 그 이상의 무엇이 되었으며, 언제인가부터 나도 제 혼자서 차오르는 달처럼 내 안에서 만월을 이룩하고 싶었다. 저 무욕대비無慾大悲의 만월을."[62]

지혜의 완성은 오온이 모두 공함을 깨닫는 데서 비롯된다. 오온은 무명無明의 근원이고 무명은 번뇌의 근원이며 12연기의 시작이다. 번뇌는 업業의 씨앗이다. 오온개공을 아는 순간이 득오得悟이다. 오온이 공함을 깨달으면 색이 무의미해진다. 그것은 쌓음 뒤에, 낙樂 다음에 온다. 그것은 "모든 것은 덧없어서 생겼다 없어지는 법이니 생멸이 없어지면 적멸寂滅이 즐거움이 된다"[63], "세간에 있는 갖가지 즐거움 중에 성스러운 적멸락寂滅樂이 가장 훌륭하여 넓고 큰 법성法性 중에 머물게 하니 묘안妙眼 천왕이 이것을 보았네"의 경지이다.[64]

---

62) 「빈 배에 가득한 달빛」, 『만목滿目의 가을』.
63) 『열반경』.
64) 『화엄경』「세주묘엄품世主妙嚴品」.

5. 시간을 따라 흐르는 반본환원返本還源과 무욕대비無慾大悲

5.1. "'시간은 강물이어서 나를 휩쓸어 가지만 내가 곧 강'이라는 보르헤스의 말이 떠오른다. 시간은 곧 나이며 어쩌면 75년이란 내 시간도 하나의 환상에 지나지 않는다는 것을 되새기게 한다."[65]

내 시간이 하나의 환상이라면 어떻게 내가 지속할 수 있는가? 오온이 공이라면 어제의 '나'와 오늘의 '나'가 같다고 확신할 수 없다. 프란츠 카프카는 "나는 나 자신에 대해서조차 어떤 공통점을 갖고 있지 않다"[66]고 말했다. 사르트르는 이렇게 말했다. "(선험적 의식은) 순간마다 자신의 존재를 결정하며, 우리들은 그 이전의 것은 아무것도 상상할 수 없다. 따라서 우리들의 의식적 삶을 이루는 모든 순간들은 '무로부터' 창조된 것임이 드러난다."[67] 공통점도 없고 무로부터 창조된 내가 하나의 환상에 지나지 않으면 어제의 나는 오늘의 나와 다르다. 그럼에도 지속하는 '나'가 있는 까닭은 나의 시간이 곧 강이기 때문이다. "젖은 갈대는 서풍에 흔들리고 구만 리 하늘을 울며 나는 기러기의 고단한 날개짓"에서 서풍과 날개짓은 시간 위에 있음으로써 젖은 갈대와 기러기를 지금 여기에 있게 한다.

---

65) 「고엽」.
66) Franz Kafka, Diaries 1910-1923.
67) Jean-Paul Sartre, The Transcendence of the Ego.

5.2. "시간과 자아는 실체가 없는 하나의 허구이다."[68]

시간은 나를 싣고 강을 따라 흐른다. 나는 무이다. 무를 싣고 흐르는 시간도 무이다. 두 개의 무가 흐르는 강도 따라서 무이다. "저 물과 시간과 나는 모두 가는 곳이 없다."[69] 시간은 어려운 주제이다. "아무도 묻지 않을 때라면 나는 시간이 무엇인지 안다. 하지만 누가 시간이 무엇이냐고 물으면 나는 모른다"는 아우구스티누스의 말이며 그럼에도 "시간은 진리를 발견한다"는 것은 세네카의 말이다. 롱펠로는 시간을 두고 "영혼의 생명"이라고 했다. 그러나 나는 시간에 실려 강물을 따라 저 언덕 너머서 간다. 저 언덕 너머에 실재하는 무엇이 있을 거라고 생각하고는 갔다. 그러나 발견한 것은 그게 아니었다. "봄에는 백화가 있고 가을에는 밝은 달이 있다. 여름에는 서늘한 바람이 있고 겨울에는 흰 눈이 있다. 쓸데없는 생각만 마음에 두지 않으면 그것이 바로 인간에게는 좋은 시절이다."[70] "활짝 개인 드넓은 하늘에 아무것도 없는것처럼, 부처님의 진리 또한 텅 비어 공한 것이니 성스럽다 할 무엇조차 없다."[71]

5.3. "뜨거운 눈물, 존엄성, 인간에 대한 증명, 이런 것 앞에서 나는 그만 가슴이 뜨거워지고 만다."[72]

---

68) 「시간의 강가에서」.
69) 「시간의 강가에서」.
70) 조주선사 오도송.
71) 「문답」.
72) 「까마귀」.

깨달음과 열반 사이에 잉여의 시간이 있다. 그 시간에 승려는 법문을 하고 보살은 이타행을 한다. 보살은 깨달았으나 또는 깨달음의 능력이 있으나 이 세상에 머물면서 중생을 먼저 피안彼岸에 도달토록 하는 뱃사공이다. 이타행의 실천은 왕상회향往相廻向이다. 왕상은 중생이 아미타불의 정토에 왕생해 열반을 증득하는 자리의 불도이다. 회향은 스스로가 쌓은 공덕을 남에게 돌리는 것이다. 뜨거운 눈물과 존엄성과 인간에 대한 증명 앞에서 가슴이 뜨거워짐은 왕상회향에 의해서이다. "마크 트웨인이 오에 겐자부로에게, 오에 겐자부로는 오늘 아침 또 나에게 웅변보다 더 큰 울림으로 사랑의 마음을 전해주고 있다."[73] 나는 또 누군가에게 아니 누군가들에게 사랑의 마음을 전해주어야 한다. 그래서 색의 공화空化는 아직 멀리 있다. 수·상·행·식도 그러하다. 다만 몸 앞에 놓인 것은 무욕대비와 반본환원뿐이다.

73) 「문학의 힘」.

—

김은중 | 연세대학교 철학과와 대학원 철학과에서 수학했다. 박사 학위 논문은 『플라톤 이데아의 실재성 비판』(1998년). 이후 연세대학교 언론홍보대학원에서 수학하고 석사 학위를 받았다(2008년). 대학에서 철학 및 문화콘텐츠를 강의했으며 연세대학교 미디어아트연구소 HK연구원과 HK연구교수를 지냈다. 현재는 연세대학교 인문학연구원 전문연구원이다. '古佛叢林 無遮禪會'(1998년) 기획위원, '가치 공유의 장치로서의 고대 그리스 Epikoinonia 연구'(한국학술진흥재단, 2006~2007년), '한국형 Hidden Champion 육성 전략 연구'(산업통상자원부 R&D 전략기획단, 2013~2014년) 등의 연구책임자로 활동했다. 2014년 계간 『인간과문학』에 문학평론으로, 2018년 『에세이문학』에 수필로 등단했다. 저서로 『바퀴와 속도의 문명사』(연세대학교 출판부, 공저), 『명예란 무엇인가』(한국학술정보, 공저), 『Overlapping Territories : Asian Voices on Culture and Civilization』(Cambridge Scholars Publishing, 공저), 『문학, 철학을 입다』(인간과문학사) 등이 있다.

맹난자孟蘭子 연보

1942년 7월 18일 서울 삼청동에서 맹영호孟英鎬와 김묘연金妙蓮의 2남 3녀 중 차녀로 태어남.

1948년 서울 재동국민학교 입학, 6·25 피난 후 수복하여 서울 정덕국민학교 졸업. 어릴 때 학교가 파하면 집에 돌아와 안채와 떨어진 책이 가득한 아버지의 서재에서 혼자 놀았음. 문고판 하이네와 괴테의 시집을 읽으며 서고에 세로로 쓰인 책 제목의 한자를 짚어나가기도 하고 어둠이 내릴 때까지 정물처럼 그곳에 앉아 있곤 했음.

1954~1960년 숙명여자 중·고등학교 졸업.

1958년 9월 이화여자대학교 주최 전국여고문예콩쿠르 대회에서 희곡「산비둘기」 입선(심사위원 유치진), 본인의 연출로 모교의 무대에 올림.

1959년 12월 한국일보에서 황진이의 시조 '동짓달 기나 긴 밤을…'에 대한 답시를 구한다는 응모 기사를 보고 남자의 입장에서 반장난으로 써본 것을 우편함에 넣고는 잊어버림. 고문을 가르치던 김종윤金鐘潤 선생께서 호출, 한국일보에서 내 이름과 노산 이은상 선생의 심사평을 보고 크게 칭찬하심. 그 후 대학시절 시조시인 이태극 선생께서 학교의 시조반 모임에 들라고 하셨는데 어찌어찌하여 거기에도 들지 않았고 이은상 선생님의 권유에도 응하지 않아 시조와의 인연은 빗겨가고 말았음.

1960년 이화여자대학교 국어국문학과 입학. 이 무렵 하라다 야스코의 『만가』, 미우라 아야코의 『빙점』, 가와바타 야스나리의 『설국』, 미시마 유키오의 『금각사』 등 일본 작가들의 작품이 쏟아져 들어와 바쁘게 읽었는데, 그 중에서도 다자이 오사무의『사양』에 심취되고 이시카와 다쿠보쿠의 시에 매료됨. 다자이 오사무의『사양』과『인간실격』을 읽기 위해 일어 강습소를 다님. 생텍쥐페리의『인간의 대지』는 리포트를 쓰기 위해, 카뮈의『이방인』은 내가 특별히 좋아했기에 뫼르소를 무슨 동지처럼 느끼면서 옆구리에 끼고 다님. 서구문학과의 만남이었음. 대학 1학년 국어 교과서에 실린「하이데거의 실존주의와 공사상空思想」에 관한 박종홍 선생의 논문을 읽고 불교서클을 조직. 삼선교에 있는 정각사正覺寺에 나가 일요일마다 김동화金東華 선생의『금강경』『유마경』등의 경전 강의를 듣고 홍정식 선생에게서『법화경』을 공부함.

1960년 11월 극단 〈실험극장〉에 입단. 아서 밀러 작『다리 위에서의 조망』조연출(연출 이기하), 이근삼 작『거룩한 직업』기획(연출 황은진). 1인극 판토마임 연출 등 다수 참여. 정기적 공연 외에도 작가별로 조組를 짜서 공부를 함. 나는 허규 씨와『파랑새』의 작가 메텔링크 조組였음. 〈실험극장〉 단원은 거의 대학생이어서 자기네 학교 연극을 주도해야 했고 그때마다 우리 패들은 신이 나서 남의 학교지만 연습 때마다 가서 늦게까지 어울리곤 함. 고려대 팀에서는 여운계 · 김성옥 · 유용환 · 나영세 · 유길촌 · 손숙 등의 연기로 〈안티고네〉〈상복이 어울리는 엘렉트라〉〈우리 읍내〉〈삼각모자〉 등을, 서울대 팀에서는 허규 · 김의경 · 유달훈 · 김학천 · 이순재 · 이낙훈 · 김동훈 제씨가 〈유리 동물원〉〈뻐스정류장〉 같은 작품을 공연함. 우리 〈실험극장〉의 마지막 공연이 끝나는 날은 이근삼 · 여석기 선생의 강평이 있은 다음 모두 대취大醉해서 통행금지 시간에 발이 묶일 때도 있었음.

1962년 8월 3학년 1학기말 고사를 치르고 가정 사정으로 휴학계를 제출함. 그해 여름부터 서울시청 부녀과에서 촉탁 근무를 시작.

1963년 5월 서울지방 4급 공무원 채용고시 합격. 1965년 6월까지 서울시청 산하기관에 근무.

1964년 7월 24일 오후, 퇴근해 돌아오니 어머니가 심장마비로 빈집에서 혼자 별세別世하였음. 어린 동생 셋의 보호자가 되나 힘에 부쳐, 아버지가 계신 서모집으로 동생들을 들여보내고 외톨이가 되어 혼자 방랑하다가 통도사 극락암의 경봉 스님을 친견하고 기행문 「극락지일야極樂之一夜」를 대한불교 신문에 게재함.

1965년 9월 동국대학교 불교철학과에 편입하나 그것도 끝까지 계속할 수 없었음. 동대 불교문학서클에 가입하여 헤르만 헤세의 『싯다르타』를 중심으로 한 「서구 작가와 불교적 경향」이란 어쭙잖은 글을 동대학보(주간 고익진)에 게재해서 남학생들의 눈길을 모으기도 함. 허열虛熱 같기도 한 문학과 연극에 대한 열정을 잠재우고 일상 속으로 돌아와 평범한 주부가 됨.

1967년 12월 노산 이은상 선생의 주례로 노광식과 결혼. 노신정, 노영민 두 아이의 어미가 됨.

1969년 2월 포교 불모지이던 시대에 '등불의 역할'이 되었다고 평가되는 월간 『신행 불교』의 편집을 맡아 스스로 약속한 10년 기한을 채움. 편집 일을 보는 동안 불교 관련 잡지나 신문 등에서 원고 청탁이 들어옴. 변변찮은 글이 게재될 때마다 이름 뒤에 '수필가'란 명칭이 나붙어 마음이 불편했으며 이때부터 그 부담감에서 벗어나기 위해서는 수필가가 되는 길밖에 없다고 생각하게 됨.

1972년 시인 김구용金丘庸 선생의 『벽암록』 강좌를 정각사에 마련, 지금은 원로 문인인 그분들에게 불교문학을 알리는 계기가 됨.

1974년 성자聖者 이차돈 추모선양회에서 현상모집한 추모시에 당선(심사위원은 미당 서정주)되었고 그 시비는 공군사관학교에 건립되었음.

1977년 봉선사 신도회인 〈무문회無門會〉를 조직, 총무(회장 정보현행)로 이운허 스님의 『능엄경』 법회를 세종문화회관 별관에서 개최(운허 스님의 노환으로 월운 스님께서 강의를 마쳤음). 서성운 스님의 『반야심경』 강의와 김구용 선생의 『법성게』 강의는 호평을 받았음.

1978년 12월~1984년 8월 정수직업훈련원(현 정수기능대학) 국어교사로 6년간 재직 (직업훈련교사 자격증 취득) 도서실에서 근무하며 원생들과 자연스런 상담이 이루어짐. 교지를 만들고 예술제를 실시하여 정서 회복에 기여함.

1984년 시부모님의 병환으로 직장을 사직하고 간호에 매달림. 이때부터 죽음에 대한 관심이 부쩍 고조되어 『남산이 북산을 보며 웃네』의 자료들을 모으기 시작하고 운명과 세상의 이치에 대해 알고 싶어 『주역』과 명리命理 공부를 시작함. 도계 박재완 선생과 노석 유충엽 선생 그리고 약연 서정기 선생에게 사사함.

1990년 '역문관서우회' 회장으로 박재완 선생의 명리실관인 『도계실관』과 『이름, 22의 주술』을 펴냄.

1990년 12월~1994년 7월 서울시립목동청소년회관 근무. 교육문화과장으로 청소년과 주부들의 교양강좌와 500석 소극장을 운영함.

1994년 8월 한국일보 문화센터 수필반에 나가 박연구 · 손광성 선생의 강의를 들음.

1996년 계간 『수필공원』 봄호에 「소지」가 초회 추천되고 여름호에 「찻물을 끓이며」로 완료 추천됨, 그해 11월에 첫 수필집 『빈 배에 가득한 달빛』을 상재함.

1997년 1월부터 2002년까지 수효사문화원에서 『주역』을, 능인선원에서 『명리』를 강의하며 『수필과비평』에 '이야기로 읽는 주역 에세이'를 연재함.

2000년 『에세이문학』 편집위원, 기획위원. 8월부터 국민일보에 '여의도 에세이'를 1년간 집필하고 『책과인생』에 고사성어 에세이를 1년간 연재함.

2002년 한국수필문학진흥회 사무국장, 송현수필문학회 회장.

2002년 11월~2008년 3월까지 계간 『에세이문학』 발행인으로 한 권의 결호 없이 발간하였음.

2003년 지하철역 액자글 〈풍경소리〉 편집위원장. 응모된 글을 선정, 포스터로 제작하여 지하철역에 게시하고 그것을 모아 『풍경소리』 글모음집을 펴냄.

2003년 대한불교조계종 불교여성개발원의 제1차 여성108인에 선정됨. 3월 〈달마문예대학〉에서 수필 강의를 맡음(시 고형렬, 소설 김성동, 학장 신경림).

2005년 월간 『까마』에 '천지현황天地玄黃' 주역 에세이를 연재함.

2005년 11월 숙명여고 출신 작가들의 모임인 '숙란문인회'를 결성. 총무로(회장 한말숙) 동인지 『행복하게 사는법』(박완서 외 21명)을 펴냄.

2006년 3월 한국수필문학진흥회 제7대 회장에 선임됨.

2007년 국제펜클럽 한국본부 이사. 11월 『에세이문학』 지령 100호 기념 특대호 발간. 권말부록으로 창간호부터 100호까지의 총 목차·작가별 작품 목록 수록. 11월 29일 『에세이문학』 창간 25주년 기념식 및 전시회를 가짐, 제24회 가을세미나는 '한일 양국 간의 수필문학에 대한 이해와 전망 그리고 접점을 찾아보는 국제심포지엄'으로 기획하고 7년 동안 모은 『에세이문학』 20선 작품을 중심으로 일어판 『한국현대수필선집』(공덕룡 외 57편 수록)을 엮음. 문학평론가 고노 에이지鴻農映二 번역을 텍스트로 하여 〈한일 수필문학의 이해와 전망〉이란 주제로 세미나를 열었음. 강사는 손광성, 성기조, 다니가와 다카시谷川俊, 오사마 히토시大嶋仁(장소/ 보령제약 대강당). 조선일보를 위시해 문화일보 국민일보 연합신문 등에서 『에세이문학』을 '한국 수필계의 만형' 내지는 '종가집'으로 평가한 기사가 여러 언론매체에 보도되었음.

2008년 월간『묵가』에 '주역산책'을 2년 동안 연재. 이를『주역에게 길을 묻다』로 묶음.

2008년 3월 한국수필문학진흥회 회장과『에세이문학』발행인 사임.

2009년 5월 불교여성개발원이 주최하는 웰다잉 특강.『삶을 원하거든 죽음을 기억하라』와 북사인회를 한국불교역사문화기념관 지하 공연장에서 가짐.

2009년~2012년『월간문학』편집위원.

2010년 5월 숙명여고 총동창회 '자랑스런 숙명인상'을 수상.

2011년『젊은수필』(『문학나무』황충상 주관) 선정위원으로, 당해연도 우수 수필을 선정, 2011『젊은수필』로부터 2014『젊은수필』까지 제4집을 발간함.

2012년 한국수필문학진흥회 고문,『에세이스트』편집고문.

2012년 10월 불교여성개발원에서 공자의 〈주역 계사전〉을 1년 동안 강의함.

2013년 6월 대한출판문화협회가 주최하는 '서울국제도서전'(코엑스)에서『그들 앞에 서면 내 영혼에 불이 켜진다』로 '저자와의 대화' 및 사인회를 가짐.

2013년『문학나무』자문위원,『국제펜한국본부』자문위원.

2015년『한국문인협회』상벌제도위원장.

2016년『한국실험수필』자문위원.

2018년~『더 수필』선정위원장.

저서

1996년 11월 첫 수필집『빈 배에 가득한 달빛』(우리출판사)

1998년 역사 속으로 떠나는 죽음기행『남산이 북산을 보며 웃네』(세훈출판사)

1999년『남산이 북산을 보며 웃네』개정판

2001년『사유의 뜰』(우리출판사)

2002년『삶을 원하거든 죽음을 기억하라』(우리출판사)

2003년 선우명수필선『탱고, 그 관능의 쓸쓸함에 대하여』

2004년『인생은 아름다워라』(김영사)

2007년『라데팡스의 불빛』(수필과비평사) 법정 스님이 졸저를 구입, 군부대와 교도소에 보냄.

2010년 수필선『만목의 가을』(좋은수필사)

2011년 작가묘지기행『그들 앞에 서면 내 영혼에 불이 켜진다』I·II (수필과비평사)

2012년『주역에게 길을 묻다』(연암서가) 2013 문화체육관광부 우수도서 선정

2013년『나 이대로 좋다』(연암서가)

2015년『본래 그 자리』(도서출판 북인) 2016 세종도서 문학나눔 선정

2018년『시간의 강가에서』(도서출판 북인) 2018 문학나눔 우수도서 선정

편저

1993년『도계실관』(너른터)

1995년『이름, 22수의 주술』(중앙일보사)

2003년『풍경소리』I·II (샘터사)

2005년『한국의 명수필 II』(손광성, 김종완, 맹난자) (을유문화사),

2006년『세계의 유명작가 명수필』(청조사)

2007년 일어판『한국현대수필선집』맹난자 편/고노 에이지鴻農映二 번역. (동경문예관 발행)은 일본의『도서신문』등 여러 언론에 소개되고 마흔 곳이 넘는 도서관과 일본 PEN 작가들에게서 감사의 카드와 손편지를 받음. 한국수필을 알리는 가교의 역할을 함.

공저

1999년 중국문학기행집『서호로 가자스라』(생명의 나무)

2001년 중국문학기행집『장강에 배 띄우고』(생명의 나무)

2004년『불교와 나의 삶』(대한불교조계종출판사)

2008년 일어판『한국여류수필선』(홍혜랑, 민명자, 맹난자 3인집 고노 에이지 鴻農映二번역, 동경문예관)

2010년『아름다운 마침표』(불교여성개발원 웰다잉 운동본부 10인 공저) (민족사)

2011년『행복하게 사는 법』(숙란문인회 작가문집) (연암서가)

2013년『나는 문학으로 출가했다』(불교신문 엮음. 조계종출판사)

2018년『불교로 읽는 고전문학』(현대불교신문 엮음. 신아출판사)

2018년『한국실험수필』2015년 제1집~제4집 발간 (문학관)

수상

2001년 제19회 현대수필문학상

2008년 제3회 남촌문학상

2009년 제2회 정경문학상

2012년 제17회 신곡문학 대상

2013년 제6회 조경희수필문학상

2014년 제12회 현대수필문학 대상

맹난자 수필을 말하다
보다 느끼다 쓰다

지은이_ 홍혜랑 외
펴낸이_ 조현석
펴낸곳_ 북인
디자인_ 푸른영토

1판 1쇄_ 2019년 07월 15일

출판등록번호_ 313 - 2004 - 000111
주소_ 121 - 842 서울 마포구 서교동 467 - 4, 301호
전화_ 02 - 323 - 7767
팩스_ 02 - 323 - 7845

ISBN 979-11-87413-47-9 03810

이 도서의 국립중앙도서관 출판예정도서목록(CIP)은
서지정보유통지원시스템 홈페이지(http://seoji.nl.go.kr)와
국가자료종합목록시스템(http://www.nl.go.kr/kolisnet)에서
이용하실 수 있습니다. (CIP제어번호 : CIP2019024588)

책값은 뒤표지에 있습니다.
저자와 협의 아래 인지를 생략합니다.